닥치고
글쓰기

닥치고 글쓰기

초판 1쇄 발행 _ 2021년 9월 20일
초판 2쇄 발행 _ 2022년 12월 7일

지은이 _ 황상열

펴낸곳 _ 바이북스
펴낸이 _ 윤옥초
책임편집 _ 김태윤
책임디자인 _ 이민영

ISBN _ 979-11-5877-253-6 03800

등록 _ 2005. 7. 12 | 제 313-2005-000148호

서울시 영등포구 선유로49길 23 아이에스비즈타워2차 1005호
편집 02)333-0812 | **마케팅** 02)333-9918 | **팩스** 02)333-9960
이메일 postmaster@bybooks.co.kr
홈페이지 www.bybooks.co.kr

책값은 뒤표지에 있습니다.

책으로 아름다운 세상을 만듭니다. ― 바이북스

미래를 함께 꿈꿀 작가님의 참신한 아이디어나 원고를 기다립니다.
이메일로 접수한 원고는 검토 후 연락드리겠습니다.

매일 쓰는 사람이 진짜 작가입니다

닥치고 글쓰기

황상열 지음

바이북스
ByBooks

프롤로그

매일 글을 썼더니

처음 글을 쓰기 시작한 것은 2015년 1월이다. 10년 넘게 방치된 네이버 블로그에 몇 줄 끄적이는 정도였다. 지금 그 글을 보면 참 초라하고 형편없는 수준이다.

인생의 나락으로 떨어졌던 경험을 바탕으로 나와 같이 인생에 힘든 사람을 도와주고 싶어 글을 쓰기 시작했다. 또 회사 월급 외에 돈을 벌 수 있는 수단을 만들기 위해서였다. 그러나 위에 쓴 필력으로 남에게 보여주는 것이 부끄러웠다. 블로그에 반나절을 쓰고 지우길 반복하다 겨우 하나 올릴 수 있었다.

2015년 여름 여러 글쓰기 관련 강의를 듣고 책을 읽고 나서 첫 번째 책《모멘텀》원고를 본격적으로 쓰기 시작했다. 길게 글을 쓰는 일은 이때가 처음이었다. 강의와 책을 통해 어느 정도 분량을 써야 할지 배웠지만, 실제로 써보니 채우기가 쉽지 않았다. 한두 줄 쓰다가 지우길 또 반복했다. 쓰면서도 이

4

게 제대로 쓰고 있는지 계속 의문이 들었다. 과연 이런 글을 누가 읽어줄까 의심도 했다.

그래도 어떻게든 작가가 되고 싶은 꿈이 있어 절실하게 매달렸다. 강의 내용과 글쓰기 책 등을 계속 반복해서 읽고 적용했다. 원고의 구성 방식을 바꾸어 보기도 했다. 일단 분량을 채워보자는 생각에 말이 되지 않더라도 한번에 끝까지 써내려간 적도 있다. 그렇게 매일 반복하다 보니 두 달 만에 초고를 완성할 수 있었다. 그때가 2015년 8월말이다. 직장일과 집안일 및 육아 시간 이외에 모든 시간을 글쓰기에 투자했다. 이 시절에는 책 원고를 쓰느라 블로그에는 전혀 신경을 쓰지 못했다.

우여곡절 끝에 2016년 4월 첫 책이 출간되고 나서도 생각보다 크게 인생이 바뀌지 않았다. 책으로 인생이 힘든 사람을 돕는다는 마음보다 돈을 벌고 싶다는 생각이 컸던 시기였다. 책을 쓰면 인생이 달라진다고 했는데, 막상 그대로니 더 이상 글을 쓰기가 싫어졌다.

그러다 강의와 글쓰기 책을 통해 내가 알고 있는 지식과 겪었던 경험을 글로 써서 단 한 사람에게라도 변화를 줄 수 있는 삶이 얼마나 가치가 있는지 다시 한 번 깨닫게 되었다. 동기부여를 받고 두 번째 책《미친 실패력》원고를 쓰기 시작했다. 원고를 쓰다 보니 글쓰기 실력이 한계에 부딪혔다. 글쓰기 실력 향상을 위해 블로그에 따로 매일 일상을 적고 독서 후 서평을 써서 올렸다. 내 블로그에 보면 2016년 가을부터 포스팅 횟수가 늘어난 것을 알 수 있다.

여전히 단문 형식의 글로 남의 책에서 가져온 구절이나 명언을 쓰고 아래 내 글을 적었다. 글쓰기 강의할 때마다 가장 쉽게 쓸 수 있는 방법이 "책의 구절 + 나의 생각 적기"라고 이야기한다. 이렇게 매일 쓰면서 글쓰기 실력을 키우고, 여러 기술을 적용할 수 있었다.

그렇게 쓴지 이제 6년이 지나고 있다. 머리를 쥐어 뜯어가며 고민하며 매일 썼던 글쓰기를 통해 나를 돌아보고 치유할 수 있었다. 또 그 결과로 11권(공저 포함)의 책 출간과 수천 건의 블로그 글을 올릴 수 있었다. 한 가지를 시작하여 꾸준히 하다 보면 분명히 실력이 향상되는 것을 직접 경험했다. 많지 않지만 내 글을 읽고 힘을 얻고 위로가 된다는 사람도 생겼다. 참 감사한 일이다.

매일 글을 썼더니 예전보단 조금 성장한 나를 발견할 수 있었다. 글을 쓰고 싶다면 고민하지 말고 지금이라도 노트북을 켜서 자판을 치거나 노트를 펼쳐 펜을 들자. "난 작가가 될 수밖에 없다. 될 때까지 쓸 거니까."를 외치며 어떤 내용이라도 생각나는 대로 닥치고 일단 쓰자.

펜을 들었다. 글쓰기를 권하고 싶었다. 나의 경험으로 인해 누군가도 같이 글을 쓰기를 소망한다. 그렇게 모인 한 줄의 글이 쌓이다 보면 언젠가는 세상이 깜짝 놀랄 위대한 작품이 될 수 있다는 믿음이 널리 전해지길 바라본다.

2021. 9.

저자 황상열

차례

1장

글쓰기만이
살 길이다

왜 글쓰기인가?

2021년 현재 특별한 일이 없으면 매일 글을 쓴다. 다이어리나 메모장에 끄적인다. 일상 속에서 느낀 것들을 모아 블로그 등 SNS에 올리기도 한다. 매일 쓰다 보니 책도 출간하게 되는 신기한 경험을 했다.

이렇게 오랫동안 잘 쓰든 못 쓰든 계속 이어가다 보니 사람들이 물어본다. 왜 글을 쓰냐고. 글을 쓰는 이유가 뭐냐고. 책과 강연을 듣고 곰곰이 생각해 본 결과, 나의 대답은 다음과 같다.

1) 나를 돌아볼 수 있어서 쓴다.

2·30대 시절을 보내면서 일이 잘 풀리지 않고 인생이 지칠 때마다 세상 탓 남 탓만 했다. 남들은 다 잘 사는데 왜 나만 이렇게 힘드냐고 하늘을 보고 울부짖었다. 가슴속에 맺힌 게 많았다. 그것을 풀 수단이 없어 술을 마시고 실수도 많이 했다. 글을 쓰면서 조금씩 나에 대해 객관적으로 돌아보게 되었다. 다 나에게 원인이 있음을 알게 되었다.

2) 나를 치유할 수 있다.

지금까지 인생이 힘들었던 이유가 나에게 원인이 있다는 것을 파악하고, 계속 글을 쓰다보니 마음이 편해졌다. 글쓰기를 통해 위로받고 치유할 수 있게 되었다.

3) 자존감을 향상시킬 수 있다.

그 전에는 자존심만 세고 자존감이 낮아 내 자신을 못살게 굴었다. 위로와 치유를 통해 마음과 감정이 편안해졌다. 하는 일이 조금씩 풀리기 시작했다. 글을 썼을 뿐인데 인생에 대해 자신감을 갖게 되었다. 자신감이 올라오자 내 자존감도 같이 향상되었다.

4) 진짜 작가가 될 수 있다.

글을 계속 쓰다보면 책을 출간하는 진짜 작가가 될 수 있다. 누구나 책을 낼 수 있는 시대라도 책을 내는 작가는 대한민국 인구의 1~2% 정도다. 대단한 자부심을 느껴도 된다.

더 많은 이유가 있지만 글을 쓰는 이유를 4가지로 요약했다. 글을 쓰면서 나를 돌아보고 치유할 수 있었다. 힘들 때마다 글을 쓰면 마음이 편해졌다. 그 영향으로 시간이 지나면서 전보다 인생이 좀 나아지면서 즐겁게 생활하고 있다. 자신감이 생기니 자존감은 덩달아 업되는 느낌이다. 이렇게 나에게 좋은 영향을 주는 글쓰기는 평생 가지고 갈 생각이다.

그 글이 엉망이든 잘 썼느냐는 중요하지 않다. 이 세상에 단한 명이라도 내 글을 통해 공감과 위로를 받으면서 글을 써보고 싶다라는 마음만 들게 하면 그것으로 만족한다.

이 글을 읽는 여러분도 당장 지금 한 줄이라도 써보는 것은 어떨까?

글을 쓴다는 것은

제4차 산업혁명 시대가 이미 시작되고, 세상은 정말 빠르게 변하고 있다. 인구의 감소와 맞물려 향후 10년 내 인간이 하던 직업이 로봇과 기계로 대체된다는 뉴스도 많이 들린다. 기존 일자리가 없어지면 이젠 무엇으로 먹고 살지 미리 걱정하는 지인을 보며 핀잔을 준 적도 있다.

그래도 기계나 로봇이 절대 할 수 없는 인간만이 할 수 있는 직업은 분명히 남는다. 여러 책이나 수업을 통해 알게 된 그 직업은 바로 인간의 감정을 어루만져 주는 일이다. 힘들고 지친 사람의 마음을 달래고 서로 공감하며 치유하는 그런 종류의 일. 이런 일을 잘하기 위해서는 자신 스스로가 공감할 수 있는 능력을 키워야 한다. 그것을 가능하게 하는 무기가 바로 글쓰기다.

글을 쓴다는 것은 잊고 살았던 과거나 현재를 살아가는 평범한 일상 속에 있는 자신의 삶을 발견하고 다시 해석하는 작업이다. 타인의 입장에서 별것 아닌 일이라도 나에겐 특별하게 다가오는 경험, 사건 등을 다시 조합하는 과정이기도 하다. 글을 쓰면서 마음의 시각화를 통해 그 경험이나 사건에서 느끼는 감정, 깨달음 등을 얻을 수 있다. 또 자신을 객관적으로 마주하면서 무엇이 문제였는지 보이게 되고, 그로 인해 받았던 스트레스를 치유할 수도 있다. 결국 글쓰기는 나를 다시 만나는 작업 또는 과정이라고 하고 싶다.

사회생활을 10년 넘게 하면서 서툰 감정 표현과 여린 마음가짐으로 나 자신을 너무 옥죄면서 살았다. 업무와 인간관계에서 오는 스트레스, 여러 인생 문제를 온전하게 마주하지 못했다. 오로지 불만 표출과 음주가무로 하루하루 버텼다. 그 결과 인생의 큰 문제에 직면했고, 다시 살기 위해 독서를 시작했다. 그 후 3년 뒤 첫 책《모멘텀》원고를 준비하며 본격적인 글쓰기를 시작했다. 한 꼭지씩 초고를 쓸 때마다 지난 과거의 나와 다시 만났다. 한 줄씩 쓰면서 그때의 나에게 물었다.

"그때는 왜 그랬냐? 조금만 참고 견디지. 감정 조절 좀 하지…."

쓰다 보니 이 질문에 답을 조금씩 할 수 있었다. 초고를 완성했을 때는 비로소 지난 과거에 일어난 모든 사건의 책임은 나 자신에게 있었다는 것을. 후회하면서 울기도 하고, 내 문제를 인정하며 치유했다. 그럴 수도 있다고 스스로를 위로하고 공감하며 조금 차분해질 수 있었다.

허접하고 부족한 내 글을 한 명이라도 읽고 공감하고 위로받을 수 있다면 그걸로 나에게 충분하다. 그게 앞으로도 내가 계속 글을 쓰고 싶은 목표이자 이유이다. 가끔 자신의 삶이 힘들고 막막하다고 생각할 때 한번 어떤 글이라도 써보자. 그 한 줄이 당신의 마음을 어루만지며 다시 살게 하는 힘이 될 수 있으니까.

"글을 쓴다는 것은 모자이크처럼 흩어진 당신 인생의 조각을 다시 맞추고 그것을 통해 마음을 치유하는 작업이다."

왜 글을 쓰기가 어려운가?

글쓰기는 흩어진 과거의 기억 조각들이 합쳐지는 과정이다. 많은 사람들이 글을 쓰고 싶어하지만 막상 쓰려고 하면 머뭇거린다. 마음은 이미 작가인데 실제로 쓰려고 하면 왜 어려울까? 나는 아래와 같은 세 가지 이유 때문이라고 생각한다.

1) 내가 쓴 글을 타인에게 보여주는 것이 부끄럽고 두렵다.

어떤 특정 주제로 글을 쓰다 보면 지나간 나의 과거에서 있었던 큰 사건, 그것으로 인해 생긴 상처와 트라우마 등이 떠오른다. 이제는 잊고 지냈다고 생각했는데 누구에게도 말하지 못했던 그 사건들이 자꾸 기억난다. 썼다 지우다를 반복하다 포기한다. 타인에게 아직 내가 쓴 글을 보여주는 것이 두렵고 부끄럽다.

인터넷과 스마트폰의 발달로 누구나 내가 쓴 글을 볼 수 있는 시대가 되었다. 다른 사람이 어떻게 생각하든 신경쓰지 말자. 내가 쓴 글 하나가 정말 힘든 타인에게 도움이 될 수 있으니까. 타인의 생각과 관심에서 자유로워져야 글쓰기가 쉬워진다.

2) 뭘 써야 할지 도저히 생각나지 않는다.

자꾸 뭔가 새로운 것을 쓰려고 하다 보니 머리가 아프다. 발명가도 아닌 평범한 우리가 무에서 유를 창조한다는 것은 상당히 어려운 일이다.

이런 경우에는 내가 가지고 있는 지식이나 경험을 쓰거나 하루에 있었던 나의 일상을 관찰하고 자유롭게 써보자. 유에서 유를 만드는 상황이니 글감이 생각보다 많다.

3) 남에게 잘 보이고 싶어 처음부터 잘 쓰려고 노력한다.

1)번과 반대되는 상황이다. 타인에게 자랑하고 싶어 처음

부터 잘 써보려고 노력한다. 하지만 한 줄 쓰고 읽어보면 마음에 들지 않는다. 썼다 지웠다를 반복하다가 결국 포기한다.

잘 쓰려고 하지 말고 있는 그대로 솔직하게 한 줄이라도 쓰자. 남에게 잘 보이려고 하는 글이 아니라 나를 치유하고 위로하는 글을 쓰도록 하자. 투박하더라도 진정성 있는 글이 결국 독자들에게 먹힌다.

여전히 글을 쓰면 쓸수록 어렵다. 글을 잘 쓴다는 기준도 아직 잘 모르겠다. 점점 글쓰기가 무서워진다. 오히려 처음 쓸 때가 수월했다. 글을 잘 쓰고 싶은 욕심도 있었고, 무엇보다 매일 쓰는 게 재미있고 즐거웠다.

남들이 어떻게 봐도 상관없었다. 내가 좋으면 그만이라고 생각했기 때문에 편하게 쓸 수 있었다. 그냥 책 한 권만 출간했으면 하는 소박한 바람만 있을 뿐이었다. 그저 글을 쓰며 내 상처를 위로하고 치유할 수 있다는 사실만으로도 행복했다.

이 글을 읽는 여러분이 세 가지 문제 중에 하나라도 해당이 된다면 아래에 제시한 방법대로 한번 써보길 바란다. 글을 쓴다는 것이 쉬운 건 아니지만 또 그렇게 어려운 일도 아니다.

타인의 평가 따위 무시하자. 나를 믿고 사랑하면서 한 줄이라도 끄적이는 것이 중요하다. 자 바로 한 줄이라도 쓰자. 지금이 바로 글을 쓰기 좋은 순간이다.

글쓰기의 효과

　SNS에 포스팅하는 글, 책 원고를 위해 쓰는 글, 업무보고를 위해 작성하는 글, 일상에서 느끼고 관찰하며 쓰는 일기 등등 그 종류도 다양하다. 어떤 날은 잘 써지는 날도 있고, 한 글자도 못 쓸 때도 있다.

　어떤 분야든 처음에는 힘들지만 시간이 지날수록 익숙해지는데, 글쓰기는 하면 할수록 더 어렵다. 그래도 쉬지 않고 쓰는 이유는 글을 쓰다보면 아래와 같은 효과가 있기 때문이다.

1) 글쓰기는 고통을 견디고 극복하는 데 도움을 준다.

8년 전 해고로 인해 내 인생의 가장 큰 시련이 찾아왔다. 나름대로 열심히 살았다고 자부했지만, 결과는 처참했다. 이렇게 만든 세상을 원망했다. 남 탓 세상 탓만 했다. 극심한 우울증과 무기력증에 빠졌다. 인생을 포기하고 싶었다. 다시 살기 위해 책을 읽고 글을 쓰기 시작했다. 쓰다 보니 나에게 원인이 있다는 것을 알았다.

한 단어 문장을 쓸 때마다 참기 힘들었던 고통이 떠올라 많이 울었다. 그러나 글 하나가 완성되고 나면 그 고통이 사라지고 내 마음이 치유되는 경험을 했다. 그렇게 하나씩 글이 모여 하나의 책으로서의 원고가 완성되는 날 그 고통이 많이 사라졌다.

2) 글쓰기는 나의 오래된 기억을 보관할 수 있다.

인생에서 마주하고 싶지 않은 기억, 행복했던 추억 등을 기록하지 않으면 나이가 들면서 어느 순간 잊힌다. 그것을 글로 남기는 순간 언제든지 다시 그 오래된 기억 속으로 돌아갈 수 있다. 영원히 보전하고 보관할 수 있다. SNS나 책으로 출간

된 나의 에세이 글을 볼 때마다 그 시절로 돌아간 느낌을 받는
다. 참 순수하고 행복했던 순간을 떠올리고 함께하는 순간 나
도 모르게 입가에 미소를 짓게 된다.

3) 글쓰기는 인생의 문제에 대한 의문을 풀어주고 결정을 내리는 데 도움을 준다.

인생의 큰 문제와 마주하게 되면 당장 어떻게 해야 할지 멍
해진다. 이럴 때 종이 한 장을 펼치고 펜을 들고 하나씩 써보
면 도움이 된다. 제일 위에 현재 그 문제가 무엇이고, 이런 상
황에 왜 직면하게 되었는지, 이것은 어떤 방법을 써야 해결하
고 극복할 수 있는지 등등 쭉 생각나는 대로 적어본다. 마인드
맵 도구 등을 활용해도 좋다. 이렇게 쓰다 보면 생각이 정리가
되고, 최종적으로 선택하는 데 도움이 된다. 나도 어떤 문제가
생기면 일단 다이어리를 펴고 쓰기 시작한다.

4) 글쓰기는 잠깐이라도 인간답게 살 수 있게 해주는 역할을 한다.

제2차 세계대전시 수용소에서 온갖 고문을 받으며 생사의

기로에 있던 빅터 프랭클이나 안네 프랑크도 글을 쓸 때는 잠시나마 살아있다는 느낌을 받았다고 한다. 극한 상황에서 지치고 괴로울 때 글쓰기만큼 잠깐이라도 나답게 해주는 도구는 많지 않다. 나는 마음이 아프고 쓰릴 때마다 글을 쓴다. 쓰는 순간만큼은 정말 다 잊고 행복하다.

이 밖에도 글쓰기의 효과는 많다. 하지만 이런 효과가 있다고 해서 억지로 글을 쓰지 말자. 자연스럽게 글이 쓰고 싶을 때 한 문장이라도 끄적이는 것이 중요하다.

글을 쓴다는 것은 내 인생의 흩어진 기억의 조각을 맞추는 일이다. 어렵더라도 매일 10분씩만 글을 써보자. 그렇게 한 달만 써보면 위에 언급한 글쓰기의 효과를 알게 될 것이다.

치유적 글쓰기란?

　많은 사람들이 살다보면 인생의 어느 한 시점에서 큰 고비를 맞이하게 된다. 항상 인생이 좋을 수는 없다. 인생은 좋은 일과 나쁜 일의 연속이다.

　오히려 나쁜 일이 더 많이 일어난다. 나쁜 일과 마주하다 보면 감정의 소용돌이가 일어난다. 거기에 매몰되어 빠져 나오지 못하는 경우가 많다.

　나도 그랬다. 다니던 네 번째 회사에서 해고를 당하고 더이상 갈 곳이 없었다. 참았던 모든 감정이 폭발하고, 밑바닥까지 추락했다. 어떻게 해야 그 소용돌이에서 빠져나올 수 있을지 답답했다. 글을 쓰면 좀 나아질 것이란 이야기를 들었다.

바로 실행에 옮겼다.

처음 글을 썼던 날이 기억난다. 한글창을 열어놓고 한 줄을 쓰다가 지우다를 반복했다. 업무적으로 보고서나 검토서는 수없이 썼지만, 나를 위한 글을 써 본 적은 오랜만이다 보니 이렇게 쓰는 것이 맞나 싶었다. 숨기고 싶은 나의 과거를 괜히 남에게 보이는 것이 잘하는 짓인가 고민했다. 어머니나 아내조차 무슨 자랑이냐고 힘든 이야기를 글로 옮기냐고 잔소리 할 정도였다.

그러다가 《뼛속까지 내려가서 써라》, 《날마다 글쓰기》 등 여러 글쓰기 책과 강의를 듣다보니 공통된 의견이 있었다.

"작가가 되기 위해서는 나를 드러내야 한다. 나의 민낯까지 솔직하게 꺼내어 글로 옮길 수 있어야 한다. 그래야 나를 치유하고 위로하여 앞으로 나아갈 수 있다."

이 글을 보고 결심했다. 끝까지 써 보자고. 그때부터 글쓰기에 탄력이 붙었다. 한 줄이 두 줄이 되고, 두 줄이 다섯 줄이 되었다. 결국 한 장을 채우고, 두 달 만에 첫 책 원고를 완성했다. 나를 토해내며 한 꼭지(A4 기준 2장)를 완성할 때마다 후련했다. 가슴 속에 맺힌 응어리가 풀리는 느낌이었다. 그것이 바로 "치유적 글쓰기"라고 했다.

누구든 처음에는 글을 쓰는 것이 어렵다. 남에게 이런 이야기를 해도 될까? 또는 나를 드러내도 될까? 등의 두려움이 앞서기 때문이다. 또 처음에는 자신의 힘든 고통, 감정을 쓰기 어렵다. 그러나 이런 두려움을 극복하고 용기를 내어 지속적으로 글을 써야 한다.

애덤스는 치유(치료)적 글쓰기를 통해 지속성, 해방감, 신뢰성, 반복, 현실 받아들이기, 나 자신과의 만남, 대화, 자의식과 자존심, 투명성, 치유의 증거를 확보할 수 있다고 주장한다. 매일 조금씩 쓰다보면 나를 깨우치고, 스스로 돌아볼 수 있게 된다. 한 줄 한 줄씩 써내려가다 보면 예전의 고통스런 나를 현재의 내가 위로하고 보듬어주는 현상을 발견한다. 그렇게 쓰다보면 내면의 변화를 겪게 된다.

나도 모르게 편안해진다. 감정의 기복도 줄어든다. 결국 글쓰기를 통해 나를 치유하는 과정을 보게 되는 것이다. 그것이 반복되면 나다운 삶을 살 수 있는 용기가 생긴다. 오늘이라도 치유적 글쓰기를 통해 나를 돌아보면 어떨까?

글이 써지지 않을 때는

갑자기 멍하다.

바쁜 일상이지만 하루 중 무슨 일이 있어도 매일 한 장 내외 글은 쓰려고 한다. 자기 전에 조금이라도 쓰려고 책상에 앉았다. 노트북을 켜고 자판을 치려는데 아무 생각이 나지 않았다. 어떻게 첫 문장을 시작해야 할지 몰라서 30분 동안 멍하게 앉아 있다 졸려서 끄고 잠자리에 누웠다.

1) 그래도 책상에 앉아라.

얼마 전 본 이메일에서 인용한 글이 생각난다. 무라카미 하루키는 매일 일정량의 원고를 쓰는 것으로 유명하다. 그도 잘 써지는 날이 있고, 안 써지는 날이 있다고 고백한다. 아예 안 써지거나 쓰고 싶지 않는 날에도 어떻게든 책상에서 일단 앉는다고 했다. 한 줄도 쓰지 못한다고 금방 포기하고 자리에서 일어나는 게 아니라, 2시간 동안 어떻게든 버티는 게 핵심이다. 이렇게 버티면서 한 단어 문장을 쓰기 시작하면 조금씩 쓸 수 있었다고 하루키는 말하고 있다.

다시 한 번 하루키의 말을 떠올리고 아침에 다시 책상에 앉았다. 확실히 피곤하고 두통도 있다 보니 생각보다 글이 잘 써지지 않았다. 30분을 또 모니터만 멍하게 바라보고 있다. 그래도 쓸 때까지 버티기로 했다. 무슨 글을 쓸지 이리저리 책과 인터넷을 뒤져서 쓰기 시작했다.

2) 정말 써지지 않으면 그냥 쉬자.

5년 넘게 글을 쓰고 있지만 정말 안 써지는 날도 가끔 마주했다. 무슨 방법을 써도 하루키가 말한 2시간 넘게 버텼지만 단 한 줄도 쓰지 못했다. 그럴 때는 과감하게 글쓰기를 포기했다. 나중에 알았지만 글도 자신의 컨디션과 상당히 밀접한 관계가 있다. 일상이 바쁘다 보면 거기에 에너지가 소진될 수밖에 없다. 특히 머릿속에 있는 뇌도 생각을 많이 하다 보니 지친다. 몸과 마음 자체가 모두 마이너스가 된 상태다. 다시 무엇인가를 하기 위해서는 다시 채워야 한다. 그 채우는 방법이 바로 휴식이다. 아무것도 하지 않고 쉬어야 한다.

3) 충분히 휴식해야 다시 쓸 수 있다.

5시간 정도 수면을 취하고 일어났더니 어제보다 컨디션이 좀 괜찮다. 일단 앉아서 30분 멍때리다가 자료를 찾으면서 한 줄씩 쓰기 시작했다. 글이 써지지 않을 때라는 주제로 쓰고 있다. 한 두줄 이어나가다 보니 또 한 장을 채운다. 평소 다른 날보다 두서가 없지만, 그래도 한 편의 글을 완성했다.

글이 정말 써지지 않는 날은 일단 책상에 앉아보고 한 시간을 버텨보자. 한두 줄 쓸 수 있다면 이어서 쓰고, 그렇지 않다면 과감히 일어나서 쉬자. 밖으로 나가 산책을 하면서 머리도 식히자. 텔레비전을 켜고 드라마나 영화를 보자. 라디오를 켜고 음악을 듣자. 이렇게 몇 시간 동안 쉬다가 다시 앉으면 또 희한하게 글이 써지는 마법을 볼 수 있다.

2장

글을 잘 쓰는 법,
그딴 건 없지만

일상과 글쓰기의 관계

매일 시간이 날 때마다 글을 쓰곤 한다. 노트를 펴고 연필로 써보기도 하고, 노트북을 켜고 타자를 친다. 글쓰기는 잊고 살았던 과거의 기억이나 현재를 살아가는 평범한 일상 속에 있는 자신의 삶을 발견하고 다시 해석하는 작업이라 할 수 있다. 지나간 과거는 되돌릴 수 없으니 글을 쓰면서 그 당시 느꼈던 아쉬움을 달래기도 한다. 현재 일상을 살아가며 만나는 모든 사람과의 사건, 사물과의 관계 등에서 다양한 글을 쓸 수 있다.

지금까지 만 4년간 글을 쓰면서 일상과 글쓰기 사이에 어떤 상관관계가 있는 것을 발견했다. 결론부터 이야기하면 일상 속에 기쁘거나 즐거운 일이 있는 날에 쓰는 글은 상당히 생명력 있고 활기차게 살아있다. 그런 글을 보면 처진 기분도 되살아나게 하는 힘이 있다. 반대로 상사에게 혼나거나 부부싸움을 하는 등 나쁜 일로 인해 지치고 피곤한 날에 쓰는 글은 상당히 날카롭고 날이 서 있다.

독자가 이런 글을 읽으면 같이 기운이 빠지고 우울해지기도 한다. 즉 일상과 글쓰기 중간에 그 작가의 감정이 중요하다는 이야기다. 직접 나오는 말과 한번 걸러지는 글의 차이는 조금 있지만 그만큼 작가의 에너지가 그대로 드러난다.

예를 들어보자. 말을 듣지 않는 아이를 몇 번 달래다가 결국 감정이 폭발한 날이 있다. 그 감정을 누그러뜨리기 위해 심호흡을 한번 하고 글을 써본다. 역시 주제는 "아이에게 좋은 말을 쓰고, 감정 조절을 해보자."라고 생각하고 쓴다. 쓰다 보니 결론이 "육아는 역시 어렵고, 나는 여전히 감정 조절이 힘든 서툰 아빠다."라고 끝난다.

아직 화가 가라앉지 않았는데 억지로 "아이에게 좋은 말을 써야 한다."라고 쓰긴 어려운 일이다. 처음 생각했던 주제대로 쓰려 했지만, 일상에서 나쁜 감정을 느껴 그대로 쓰지 못하고 어두운 느낌의 글이 된 것이다.

내가 지금까지 쓴 글들을 본 지인이나 동료 작가들은 이렇게 말한다.

"이제 이런 어두운 글 말고 밝고 재미있게 좀 써보면 어때?"

이런 질문을 들을 때마다 내 글이 그렇게 어두웠는지 잘 몰랐지만, 좀 고민했더니 답을 찾을 수 있었다. 지금까지 살아왔던 내 일상의 합 자체가 무겁고 짓눌린 분위기이다 보니 나도 모르게 한숨 쉬는 날이 많았다. 그런 에너지가 계속 쌓여 있으니 글 자체도 그렇게 나올 수밖에. 강의하는 모습을 본 멘토들도 비슷한 이야기를 했다.

"내용은 좋은데 힘이 없어. 좀 활기차게 하면 더 좋을 텐데."

일상에서 나오는 모습이 그대로 나의 말과 글이 된다는 사실을 이제야 깨달았다. 평소 생활이 즐겁고 기뻐야 나의 글도 활기차고 힘이 생긴다. 표현 자체도 다채롭게 펼쳐진다. 적당한 유머코드가 들어가 웃음도 유발할 수 있다. 말투와 표정부터 긍정적으로 바꾸려고 노력하고 있다.

앞으로는 좀 더 즐겁고 기쁜 글을 많이 쓰고 싶다. 내 글을 만나는 독자들도 같이 행복을 느낄 수 있게 말이다.

"일상이 즐거우면 내가 쓰는 글도 행복하다."

글쓰기 전 가져야 할 마음가짐

1) 타인을 위한 따뜻한 마음으로

《서당개도 술술! 자신만만 글쓰기》를 쓴 박상률 작가는 글쓰기의 시작은 이 세 가지로 시작한다고 말한다.

"기술이 아닌 마음, 세상을 바라보는 시선, 타인을 대하는 태도"

글을 쓸 때 이 세 가지를 잘 활용해야 한다는 것을 실감하고 있다. 그냥 글을 잘 쓰기 위한 화려한 기술이 아닌 진짜 마음이 담겨야 한다. 작가라면 세상을 바라보는 시선이 일반 사람과는 조금 달라야 한다. 또 타인을 대할 때도 진정으로 소통하고 공감할 줄 알아야 한다. 이런 것이 밑바탕에 깔려 있어야 글을 쓸 때 조금 수월하지 않을까 한다.

　나는 글을 쓰기 전 이 세 가지를 합친 관점을 가지고 시작하면 더 좋지 않을까 생각했다.

　　"기술이 아닌 마음 + 세상을 바라보는 시선 + 타인을 대하는 태도"

　　→ "세상을 바라보고 타인을 대할 때 따뜻하고 공감하는 마음을 가지는 태도"

　과거에 가슴 아파했던 경험을 쓰고자 한다면 그것을 먼저 따뜻하게 바라본다. 그 당시 감정이 힘들었지만 시간이 지나 따뜻하게 감싸 안고 그 경험을 통해 무엇을 얻었는지 생각해 본다. 한번 정리가 되면 의외로 쉽게 글이 쉽게 써지고, 읽어보면 자기도 모르게 눈시울이 뜨거울 질 수 있다. 위의 관점에서 글을 쓰면 작가는 치유가 되고, 읽는 독자는 마음이 따뜻해진다.

　또 일상에서 보고 느낀 일을 토대로 글을 쓴다면 그 일이나 대상을 위의 관점으로 한번 바라보자. 예를 들어 출근길에 아침 일찍부터 폐지를 줍는 할아버지를 봤는데, 많은 생각이 들었다고 가정하자. '늙어서까지 얼마나 가난했으면 저렇게 폐지를 주울까? 나는 저렇게 되지 말아야겠다.' 또는 '국가가 사회복지제도를 잘 정비해서 저 노인이 더 이상 저런 일을 하지 않도록 했으면 한다.' 등 이런 식으로 글을 전개할 수 있다. 글의 전개는 각자의 자유대로 써 나가면 되나, 나중에 독자가 읽을 때 그 노인을 바라보는 시선이나 태도가 따뜻하고 공감하는 마음이 같이 느낄 수 있도록 배려하는 것이 좋다.

어떤 글이든 따뜻하고 공감하는 분위기가 좋다. 글을 읽고 우울하고 나쁜 감정이 든다면 독자를 배려하지 못한 처사라고 생각한다. 늘 글을 쓰기 전에 "세상을 바라보고 타인을 대할 때 따뜻하고 공감하는 마음을 가지는 태도"를 생각하고 접근한다면 조금은 쓰기 수월하지 않을까 싶다.

2) 이해하기 쉬운 문장으로

조선 후기 학자 최한기는 기존의 동서양 학문적 업적을 집대성한 최고의 실학자로 알려져 있다. 그가 동양과 서양의 학문을 같이 이해할 수 있었던 것도 다 늘 책과 가까이 했기 때문이다. 그가 지은 저서《인정》에 보면 독서에 대한 생각이 잘 나타나 있다. 특히 요새 작가와 강사들이 가져야 할 마음가짐에 대해 그의 생각도 표현되어 있다.

> "책을 통해 다른 사람을 가르칠 때는 반드시 지은이가 주장하는 뜻을 먼저 알고 난 후에 배우는 사람에게 전해야 한다. 이것은 지은이, 가르치는 사람, 배우는 사람의 마음이 책을 통해 하나로 합쳐지는 것이다. 가르치는 사람이 모든 것이 두루 잘 아느냐 모르느냐에 따라 깨닫고 이해하는 데 크게 차이가 있다. 따라서 가르치는 사람은 모든 학설과 이치를 대체적으로 알고 있어야 한다."

여러 콘텐츠를 기획해서 내가 가진 지식과 경험을 많은 사람들에게 알려주려고 노력 중이다. 그러기 위해서는 강의(안)을 만드는 데 많은 시간을 할애한다. 누군가에게 정보나 지식 등을 알려주려고 하면 일단 강사 본인이 주제에 관한 책의 내용을 100% 이해하고 있어야 한다. 남에게 정보나 지식을 알려주는 강사라면 명심해야 할 구절이다.

꼭 100% 전체가 아니더라도 어느 정도 주제에 대해 파악하고 있어야 배우는 사람들에게 잘 알려줄 수 있다. 나도 1시간 강의를 한다고 하면 거의 그 10배 시간을 기존 책이나 자료를 찾아 추려서 공부한다. 그래야 기존 책의 저자, 강사로서의 나, 배우러 오는 청중이 그 책을 통해 하나가 될 수 있다.

"또 책을 통해 뒤따르는 사람에게 좋은 교훈을 남기려면, 책의 복잡한 내용과 이해하기 어려운 글이나 괴상한 문장은 깊이 경계하고, 실제 행동으로 옮길 수 있는 명백한 이치와 이해하기 쉬운 글이나 아름다운 문장을 권장해야 한다."

그는 작가들도 책을 쓰게 되면 화려한 미사여구 및 복잡한 지식을 그대로 사용하는 것에 대해 경계하라고 주장한다. 독자들이 읽을 때 바로 이해하기 쉽고 군더더기 없는 문장을 사용하라고 권하고 있다. 또 읽고 나서 바로 실천하고 행동할 수 있도록 어떤 주제에 대해 논리가 타당하고 이치가 명백하게 써야 한다고 강조한다. 이 구절을 읽으면서 앞으로 새로운 책을 쓸 때 잘 참고하고자 한다. 글을 쓰는 작가라면 명심해야 할 구절이다.

최한기는 독서가 읽는 행위에서만 그쳐선 안 된다고 했다. 실천하고 적용한 사항을 이해하고 정리하여 남에게 잘 알려 주는 것이 중요하다고 역설했다. 독서가 지난 과거의 유산을 이어받아 향후 다음 세대로 물려주는 역할을 한다고 생각했기 때문이다. 세월이 흘러 시대는 바뀌고 있지만 독서의 본질은 같다. 우리가 기존의 책을 읽고 실천하여 남에게 알려주는 일을 하는 이유도 결국 다음 세대에 전달하기 위함이다.

작가와 강사를 꿈꾸거나 이미 활동하는 사람이라면 오늘 최한기의 《인정》에 나와 있는 구절을 읽고 한번 적용해 보는 것은 어떨까?

글을 쓰기 전 동기부여 방법

가끔 글을 쓰다보면 글쓰기 슬럼프가 찾아올 때가 있다. 무엇을 쓰겠다고 글감까지 모으고, 그 키워드를 바탕으로 구성까지 마쳤는데 막상 쓰려고 하니 아무것도 떠오르지 않는다. 답답할 노릇이다. 타자를 치려고 하니 머리가 하얘지는 느낌이다. 책을 읽고 쓴 리뷰나 정보성 글은 쓰기가 수월했는데, 내 생각을 담은 단상이나 에세이 글은 오히려 써지지 않아 걱정이다.

이렇게 글이 잘 써지지 않거나 어려울 때 나만의 동기부여 방법을 다시 한 번 사용해 보기로 했다. 그 방법을 한번 아래에 소개해본다.

1) 나는 이 세상에서 가장 멋진 글을 쓰는 작가라고 상상한다.

글을 쓰기 전에 내 잠재의식에 긍정적인 확언을 부여한다. "이미 나는 이 세상에서 가장 멋진 글을 쓰는 작가다"라고 쓰고 5번 정도 크게 읽고, 정말 그렇게 된 것처럼 상상한다. 많은 독자들이 당신의 사인을 기다리는 모습을.

2) 글쓰기는 누구나 어려우니 자신감을 갖고, 비교하지 말자.

글을 쓴다는 것 자체가 대단한 일이다. 누구나 시작할 수 있지만, 아무나 대단한 글을 쓸 수 없다. 내가 어렵다면 남도 어려운 것이다. 처음부터 잘 쓰는 사람이 어디 있을까? 1)번 항목을 다시 한 번 외치면서 자신감을 가지고 써보자.

3) 보잘 것 없는 내가 쓴 삶의 이야기가 이 세상의 누군가에게 반드시 도움이 된다.

많은 사람들이 특별한 게 없는 평범한 내 일상의 이야기를 누가 읽어 줄까라고 미리 판단하다 보니 글쓰기를 주저하고 포기하는 경우가 많다. 물론 인생의 우여곡절이 많고, 역경을 극복하고 성공한 이야기는 많은 사람들의 귀감이 되고 심금을 울린다. 하지만 지금 시대는 그런 이야기보다 같은 평범한 사람들의 소소한 살아가는 이야기에 감동하고 위로받는다. 보잘 것 없지만 매일 하루하루 열심히 일상을 사는 그 이야기를 쓰다 보면 반드시 누군가는 그 글을 통해 도움과 위로를 받는다. 그런 사실만 기억해도 글을 쓰는 동기부여가 충분히 된다.

4) 어제보다 오늘 쓴 글을 보면 점점 더 나아지고 있다.

요새 트렌드가 어제보다 오늘, 오늘보다 내일은 점점 나아지고 있다는 "업글인간"이다. 어제보다 오늘 쓴 글이 조금 더 나아지고 있다고 믿자. 내일은 오늘 쓴 글보다 더 나아질 거라고 확신하자. 1)번 항목과 연계하여 글을 쓰기 전 외쳐보자. 조금은 마음이 편해지면서 글쓰기가 수월해진다.

글을 쓰기 전 무슨 거창하게 의식을 치루는 것은 아니지만, 그래도 소개한 위 네 가지 동기부여 방법을 한번 실천해보면 도움이 된다. 지금도 5분 정도 눈을 감고 "나는 위대한 작가다. 오늘은 어제보다 조금 더 나은 글을 쓰자!"라고 5번 정도 소리 내어 외친다. 그리고 글을 쓰기 시작하면 쓰는 게 편해진다. 내가 쓴 글이 반드시 이 세상에서 누군가에게 도움이 된다고 생각하다 보면 끝까지 마무리할 수 있다. 무슨 일이든 자신감을 갖고 해야 하는 것처럼 글쓰기도 마찬가지다. 내 글이 비록 부족하더라도 남과 비교하지 말고 당당하게 쓰는 자세가 중요하다. 혹시 오늘 글을 쓰고 싶은데 시작이 잘 안 되는 분, 잘 쓰다가 슬럼프에 빠진 분들이라면 위에 언급한 네 가지 동기부여 방법을 사용해보는 것은 어떨까?

"당신이 오늘 쓴 한 줄이 모이다 보면 위대한 작품이 탄생할 수 있습니다."

글을 무엇을 써야 할까?

며칠 동안 글을 쓰지 못했다. 바쁜 일상도 있었고, 몸이 아프기도 했다. 다시 한 번 글이 써지지 않는 슬럼프의 시간이 온 듯하다. 무엇을 쓴다고 메모를 해놓고도 구성이 되지 않아 지우기를 반복했다. 더 이상 글감을 찾지 못하거나 써지지 않을 때는 과감하게 포기했다. 영화와 드라마를 보거나 사람들을 만나서 대화를 나누었다.

글을 5년 넘게 쓰면서 많은 사람들이 질문한다. 글은 쓰고 싶은데 무엇을 쓸지 모르겠다고. 오늘은 그 질문에 대한 답을 세 가지로 해보고자 한다.

1) 자신의 일상을 관찰하고 기록하자.

많은 글쓰기 책과 강의에서 제안하는 기본적인 방법이다. 오늘 하루 자신의 일상에서 무엇을 했는지, 어떤 사람을 만나고 이야기를 했는지, 어떤 사건이 있었는지 등등 간단하게 적어보는 것이다. 다이어리에 두세 줄로 간략하게 기록하거나 어린 시절에 썼던 일기를 자기 전에 다시 한 번 써보는 것도 좋다. 일상에서 일어난 이런 기록들이 모이다 보면 향후 책을 쓸 때 원고로 활용할 수 있다.

2) 나 자신에 대해 질문해보자.

육아와 가사 등으로 또는 일하고 먹고 사느라 그동안 잊고 지낸 나 자신에 대해 한번 생각해보는 생각을 가진다. 나는 누구인가? 내가 좋아하는 것은 무엇인가? 앞으로 나의 인생은 어떻게 살 것인가? 등등 질문하고 생각한 답을 글로 써본다. 그렇게 쓰다보면 객관적으로 나를 분석할 수 있다. 지나간 과거를 돌아보고 앞으로 인생을 계획하는 데 효과적인 방법이다.

3) 남에게 도움이 될 만한 자신만의 지식이나 경험을 써보자.

브랜드 버처드의 《백만장자 메신저》에서 메신저란 직업을 이렇게 정의한다. "자신의 지식이나 경험을 타인에게 나누고 전달하여 그것을 통해 수익을 얻는 사람"이라고 나온다. 지금까지 살면서 내가 좋아하고 자주 했던 경험이나 꾸준하게 공부했던 지식이 있다면 그것을 글로 옮겨보자. 나는 독서를 하면서 만든 독서법과 서평쓰기를 꾸준하게 하다 보니 그것을 알려 줄 수 있게 되었다. 주변을 봐도 자신이 가진 지식과 경험을 나누는 사람이 많아지고 있다.

지금 글을 쓰고 싶은데 막막한 분이 있다면 우선 위에 알려 준 세 가지 방법대로 한번 써보는 것은 어떨까? 처음부터 잘 쓰는 글은 없다. 너무 잘 쓰려고 생각하지 말고, 쉽게 생각나는 대로 한 줄이라도 자신의 일상을 적어보자. 그것이 모이다 보면 작가라는 꿈에 더 가까워질 수 있다.

글을 어떻게 써야 할까?

글을 쓰고 싶어 글감을 찾아본다. 찾아도 막상 쓰려고 하니 이것을 어떻게 엮어서 써야 할지 난감할 때가 있다. 앞에서 "자신의 일상을 돌아보고 관찰하기", "나 자신에 대한 질문을 던져 답을 찾기", "내가 가진 지식과 경험이 있는지 살펴보기" 등을 쓰면 된다고 언급했다. 무엇을 쓸지 자료까지 찾았는데 눈앞이 깜깜하다. 과연 글을 어떻게 써야 할까?

1) "남의 글"+"나의 글"로 써보자.

우선 기본적으로 글은 "사실"과 "느낌"으로 구성된다. 오늘 내가 실제로 본 사물, 만난 사람, 직접 겪은 사건 등의 사실과 거기에서 느낀 감정이나 생각에 더하여 쓰는 것이다. 여기에 좀 더 길게 살을 붙이면 글이 길어진다. 더 쉽게 말해 앞에는 "남의 글"을 쓰고 뒤에는 "나의 글"로 쓰면 가장 수월하다. 이것이 글을 어떻게 써야 할지에 대한 가장 기본적인 대답이 될 수 있다.

2) 보이는 것과 경험은 그대로 묘사하자.

일상에서 만나는 사람이나 사물, 경험을 시각, 후각, 미각, 촉각, 청각을 이용하여 실제로 느낀 것을 구체적으로 묘사한다. 이렇게 구체적으로 묘사하는 이유는 독자를 위함이다. 독자는 저자가 생생하게 표현한 글을 읽으면서 나름대로 상상할 수 있어야 한다. 독자가 그것을 읽고 나서 저자의 그 사람이나 사물을 보고 느낀 감정을 같이 느끼는 것이 좋다. 그런 글이 바로 좋은 글이라 할 수 있다.

3) 느낌(감정) 표현할 때는 감성적 묘사로 바꾸어서 써보자.

사람들은 하루에도 많은 감정이 오고 간다. 즐거울 때도 있고 슬픈 경우도 있다. 이럴 때 단순히 "내가 오늘 상사에게 혼나서 화가 나고 슬펐다."로 쓰지 말고 상사에게 혼나는 상황을 구체적으로 묘사하는 것이 좋다. 상사와 나의 대화는 대화체를 사용하여 어떤 이야기가 오갔는지 솔직하게 쓴다.

그리고 상사의 꾸지람에 기분이 나빠진 나의 얼굴이나 몸짓 등을 묘사해본다. 예를 들어 "상사의 꾸지람에 내 얼굴은 일그러졌다. 계속 질책을 당하니 내 마음의 열등감은 올라갔다. 내가 한 일도 아닌데 억울하다. 내 눈에서 자꾸 눈물이 나려고 한다."로 자세하게 써보자.

이 글을 읽은 독자는 같이 감정이입이 되어 저자 입장에서 같이 공감할 수 있다. 감성적 묘사가 바로 이것이다. "기쁘다. 슬프다. 즐겁다." 등의 감정을 직접적으로 문장에 담지 말고, 그 사건이나 상황을 구체적으로 묘사하여 독자가 이 저자의 감정상태가 어떤지 묘사하는 방법이다.

4) 쓰고자 하는 주제에 현재 나의 현실을 연결시켜 보자.

"사랑", "행복", "독서법" 등등 쓰고 내가 쓰고 싶은 주제는 모두 사람들이 알고 있는 주제다. 이 주제에 지금 내 현실과 연결시켜 글을 쓰면 수월하다. 사랑이란 주제로 글을 쓴다고 가정하자. 미혼이라면 현재 연애하고 있는 현실을 반영해서 쓰면 된다. 기혼이라면 배우자, 자식과 같이 일상을 보내면서 느끼는 사랑에 대한 이야기를 떠올리면 쓰기 쉽다. 어떻게 써야할지 모를 때는 지금 나의 현실을 대입시켜서 써보면 된다.

글을 어떻게 쓰는지에 대한 방법은 더 많지만, 위 4가지만 알아도 쓰는 데 무리가 없다. 가장 쉬운 방법은 1)처럼 책을 읽고 나서 인상 깊은 구절에 나의 생각을 적어보는 것이다. 어떤 주제에 "남의 글"+"나의 글" 형식으로 간단하게 몇 줄이라도 써보자. 그 후 나머지 방법을 사용하여 묘사와 나의 현실을 반영하면 쉽게 그 주제에 대해서 어떻게 써야 할지 감이 온다.

글감은 어떻게 찾을까?

2015년 여름부터 첫 책 원고를 준비하면서 본격적으로 글을 쓰기 시작했다. 계속 쓰다 보니 재미도 있고 나를 위로하고 치유할 수 있어 지금까지 계속 쓰고 있다. 매일 글을 쓰다 보니 점차 글감이 떨어지는 것을 느낀다. 그래도 어떻게든 매일 글쓰기를 멈출 수가 없어 쓸거리를 찾는 데 집중하고 있다. 오늘은 내가 글감을 어떻게 찾는지 한번 소개해 보고자 한다.

1) 하루의 내 일상을 관찰하고 간단하게 기록한다.

오늘 내가 누구를 만나고 무엇을 했는지 간략하게 2~3줄이라도 다이어리에 적고 있다. 30대 초반까지만 해도 자기 전에 일기를 썼지만, 바쁜 일과로 멈추게 되었다. 글을 다시 쓰기 시작한 5년 전부터 나의 일상을 조금이라도 기록하기 시작했다. 그렇게 모은 예전 일기장과 다이어리의 기록들이 시간이 지나 내가 쓰고자 하는 주제의 글감이 되었다. 출퇴근시 갑자기 떠오른 아이디어도 수첩에 적는다.

2) 드라마와 영화를 본다.

어린 시절부터 드라마와 영화를 좋아하는 어머니의 영향으로 같이 봤다. 그때의 습관이 남아 있는지 성인이 된 지금도 가끔 시간이 나면 즐겨본다. 특히 사랑이 가득한 로맨틱 코미디와 볼거리가 풍부한 판타지 장르 및 호쾌한 액션물을 좋아했다. 그것을 보고 느낀 점이나 인상 깊은 장면을 구성하여 내가 쓰고 싶은 주제와 연결시켰다.

3) 쓰고 싶은 주제의 칼럼이나 책을 읽는다.

오늘은 이 주제에 대해 글을 꼭 쓰고 싶은데, 어떻게 써야 할지 막막할 때가 있다. 그럴 때는 비슷한 주제로 쓴 칼럼이나 책을 찾아본다. 칼럼은 포털 사이트에서 쓰고 싶은 주제에 맞는 키워드 뒤에 칼럼이라고 같이 쓰고 검색해본다. 예를 들어 "인생"이라는 주제로 글을 쓰고 싶으면 "인생 칼럼"이라고 네이버에서 검색한다. 짧게는 일주일에서 한 달까지 그 주제로 쓴 칼럼이 수십 개가 화면에 노출된다. 하나씩 읽어 보면서 글의 주제와 맞는 칼럼 하나를 찾아본다. 찾았으면 처음부터 끝까지 읽는다. 그 글감과 본인의 경험을 엮으면 하나의 글이 완성된다.

4) 어떤 사물이나 현상에 대해 다른 관점에서 생각한다.

매번 똑같이 보이는 사물이나 사건, 현상 등을 한번 다른 관점에서 바라보자. 예를 들어 결혼한 상태지만 만약 미혼이라면 어땠을까?라고 생각을 한번 뒤집어보는 것이다. 이런 식으로 상상의 나래를 펼치면서 조금 다르게 생각하다 보면 색다른 글감을 찾을 수 있다.

5) 타인이 어려워하는 문제의 해결책이 무엇인지 고민한다.

남들이 하지 못하는 어떤 문제를 해결할 수 있는 방법이 있다면 그것을 글감으로 써보자. SNS의 발달로 정보 전달이 용이한 세상이다. 남들보다 먼저 시작해서 성과를 냈던 경험이나 남들이 모르는 지식이 타인에게 도움을 줄 수 있는 글감이 된다.

요새 나는 위의 5가지 방법으로 글쓰기 전에 글감을 찾아본다. 이렇게 찾은 글감을 가지고 오늘은 어떤 주제로 써볼지 고민한다. 그 주제와 글감으로 키워드를 정하고, 어떻게 구성하고 배치할지 계획한다. 계획이 끝나면 바로 글쓰기에 돌입한다. 잘 쓰든 못쓰든 상관없이 일단 원고를 끝까지 쓴다. 그후 다시 읽으면서 1~2회 퇴고하면 마무리된다.

오늘 글이 잘 안 써진다면 위에 소개한 방법대로 한번 글감을 찾아보자. 그 글감을 쓰고 싶은 주제와 연결시킨다면 이미 당신의 글쓰기는 이미 반은 끝난 것이다. 오늘도 나는 글을 쓴다.

"오늘 쓴 당신의 한 줄이 먼 훗날 위대한 작품으로 탄생할 거예요!"

다산 정약용의 글쓰기 방법

조선 후기 정조 시대 실학자로 유명한 다산 정약용! 독서나 글쓰기를 좋아하는 사람이라면 실학자보다 500권의 책을 집필한 다작 작가로 더 알고 있다. 18년의 유배생활 동안 학자로서 연구와 저술활동에만 몰두했다. 한 분야에만 국한된 것이 아니라 실용서, 에세이, 문학 등등 다양한 종류의 글을 썼다.

많은 작가들이 평생을 읽고 쓰는 삶을 실천했던 그를 멘토로 삼아 닮기를 원한다. 나도 그 중의 한 명이다. 그렇다 보니 다산이 어떻게 글을 썼는지 궁금했다. 그에 대한 평전도 읽어보고, 인터넷도 뒤져보며 정보를 찾았다. 오늘은 다산의 글쓰기 비법을 소개해 본다.

1) 글을 쓰기 전에 먼저 핵심개념을 잡고, 가닥을 잘 잡아 야 한다.

다산도 글을 쓰고자 하는 주제에 대해 쓰기 전에 미리 핵심개념을 잡아야 한다고 주장했다. 쓰고자 하는 주제에 대해 먼저 정보를 수집하고 공부하여 개념부터 정립하라는 이야기다. 핵심개념을 알아야 뭐라고 쓰지 않을까? 일단 글을 쓰기 전에 주제에 대한 공부부터 시작하자.

2) 조목을 갖춰 적절한 예시와 알맞은 인용은 글에 힘이 붙고 설득력을 강화한다.

다산은 조목 즉, 지금의 문단에서 주장하고자 하는 주제에 예시를 첨부해야 글의 설득력이 더해진다고 강조했다. 즉 누구나 알고 있는 지식만 나열하면 읽는 독자의 입장에서 공감하기 어렵다. 그 지식이나 주제에 관련한 저자의 경험, 인용 등을 적절하게 얹어야 글에 힘이 붙는다는 것을 의미한다.

3) 글 쓰는 사람이 흥분하면 독자들은 외면한다.

다산도 사람의 감정과 글쓰기의 상관관계에 대해 고민했다. 글을 쓰는 사람의 감정이 격해지면 당연히 글도 분노가 가득 넘치고 거칠어진다. 그 글을 읽는 독자들은 당연히 외면할 수밖에 없다. 흥분한 상태라면 잠시 숨을 고르고 글을 써야 한다는 그의 지론을 엿볼 수 있다.

4) 무작정 늘어놓아서는 갈피를 잡을 수 없다.

글을 쓸 때 아무 생각없이 무턱대고 쓰다보면 방향을 잃어버리는 경우가 많다. 다산도 이 점을 경계했다. 글을 쓰기 전에 구성 방식, 즉 자기가 쓰고자 하는 글의 방향을 먼저 생각하여 프레임을 만들어본다. 서론에 어떻게 시작하고, 본론에 어떤 내용을 전개하여 글의 마무리를 어떻게 할지를 먼저 고민한 다음 써보는 것이다.

지금의 글쓰기 비법과 별반 다르지 않다. 시대를 불문하고 통용되는 글쓰기의 오래된 원칙이라 생각한다. 자신의 지식과 경험으로 남을 도와주는 도구로 글쓰기는 가장 강력하다.

상대방을 설득하기 위한 제일 좋은 방법은 알고 있는 지식에 자신이 직접 경험한 사례를 잘 엮어 짜임새 있게 구성하여 글을 쓰는 것이다. 오늘은 한번 다산의 글쓰기 비법을 이용해 글을 써보는 것은 어떨까?

독자가 공감할 수 있는 글쓰기

글을 열심히 써서 SNS에 올렸는데, 독자가 아무런 반응이 없다면 이런 질문을 던져보자.

"나의 이야기나 경험만 쭉 나열하지 않았을까?"

나의 이야기를 쓰면 한 편의 글이 완성된다. 그러나 그 글을 읽는 사람이 공감을 얻지 못하면 반쪽짜리 글이다. 무엇을 채워야 완벽한 글이 될까? 하나가 빠진 것이 독자에게 공감을 얻기 위해서는 프레임을 잘 짜야 한다.

사실 독자는 실패 경험이나 병에 걸렸다는 등의 나에게 일어난 사건이나 경험에 대해 그리 궁금하지 않다. 그 경험이나 사건을 통해 어떻게 이겨내고 다시 일어설 수 있게 된 과정과

거기에서 성찰하고 사색하며 얻은 자신의 가치나 의미를 더 궁금해 한다. 결론적으로 내가 쓰고 싶은 이야기와 프레임이 갖추어지면 공감할 수 있는 글을 쓸 수 있다.

그럼 어떤 프레임으로 써야 공감할 수 있는 글을 쓸 수 있을까?

1) 우선 글을 쓰기 전 내 이야기를 통해 어떤 가치와 의미를 줄 수 있는지 먼저 생각한다.

무작정 생각나는 대로 글을 쓰는 것보다 오늘 내가 쓰려는 주제와 맞는 내 구체적인 경험에 초점을 맞춘다. 그 경험을 통해 내가 성찰하고 사색했던 과정과 그 과정에서 얻은 가치와 의미를 미리 키워드로 정리해본다.

2) "경험 + 감정 + 방법(또는 인용) + 결론"으로 글을 구성해본다.

정리한 키워드를 가지고 위의 방식으로 구성해본다. 경험에서 자신이 겪은 경험을 쓰되, 구체적으로 묘사한다. 그 경험에서 느낀 나의 감정이 어떤지 나열한다. 이때 사람들과 대화와 비유법을 사용하여 독자가 감정이 느껴질 수 있도록 쓴다. 경험과 감정을 통해 힘들었던 문제가 있으면 그것을 해결하는 방법을 기록한다. 또는 나와 비슷한 경험을 다룬 책이나 영화 등의 문구나 구절을 인용할 수 있다. 마지막으로 그 경험에서 성찰하고 사색했던 가치와 의미를 적고 방향 제시 등을 적고 글을 끝마친다.

위 두 가지 방식을 사용하면 누구나 공감할 수 있는 글을 쓸 수 있다고 생각한다.

시시콜콜하게 내 이야기를 나열하는 게 아니라 어떤 특정 경험을 어떻게 극복해 나갔는지, 거기에서 얻은 의미와 가치가 무엇인지에 대해 쓰다보면 독자에게 공감과 호응을 일으킬 수 있다. 오늘은 이런 방식으로 글을 써보면 어떨까 한다. 당신이 쓴 한 줄이 누군가에게 큰 도움이 될지 모른다.

하나의 단어로
주제를 확장시켜 보자

글을 쓰고 싶은 사람들에게 주제를 주고 자유롭게 작성하라고 해도 막상 잘 쓰지 못한다. 생각나는 대로 쓴다고 해도 훈련이 되어 있지 않으면 막막한 게 사실이다. 나조차도 지금은 글쓰기가 조금 수월해졌지만, 5년 전만 해도 어떻게 써야 할지 전혀 감을 잡지 못했다.

글쓰기 수업을 듣고 책을 보면서 매일 조금씩 적용했다. 그중 하나를 오늘 소개하고자 한다.

하나의 단어로 여러 가지 주제로 확장해서 글을 써보는 방법이다. 오늘 쓰고자 하는 키워드가 "눈(겨울에 내리는 눈을 말한다.)"이라고 정했다고 가정하자. 사람마다 눈에 대해 떠오르는 이미지나 장면이 다를 것이다. "첫눈의 추억", "군대에서 눈만 치우던 기억", "어린 시절 눈싸움을 하다가 다친 기억" 등등 다양하다. 이런 다양한 주제를 매일 한 번씩 써보자.

하나의 단어를 키워드로 여러 주제로 확장하여 쓰는 연습을 하다보면 글쓰기 실력이 많이 향상된다. 자신의 경험, 기억과 상상력을 가미하면 여러 주제를 쓸 수 있다. 좀 더 익숙해지면 더 나아가 에세이, 정보전달 등의 글로 응용할 수 있다.

모처럼 바쁜 일상에서 벗어나 쉬고 있는 주말 창밖을 보니 비가 보슬보슬 내리고 있다. 내리는 비를 보니 많은 글감이 떠오른다. "비 오는 날의 연애", "비를 쫄딱 맞고 감기에 걸린 추억". 등등. 몇 년 전에 블로그에 썼던 "비"를 주제로 한 글을 찾아보니 아래와 같다.

#1 : 비오는 날의 연애

22살 군대 가기 전 만났던 그녀는 유난히 비오는 날을 좋아했다. 카페서 이야기를 나누다가 비가 오기 시작하면 '나 잡아 봐라~~' 라는 표정을 지으며 밖으로 뛰쳐나간다. 당연히 오는 비를 흠뻑 맞으면서 한 바퀴 돌기도 한다. 비 맞는 것을 원래 싫어하던 나는 내키지 않았지만 그녀의 비위를 맞추어 주기 위해 뛰쳐나가 그녀를 잡는 포즈를 취했다.

역시 내 모습도 비 맞은 생쥐마냥 별반 다를 바 없었다. 그렇게 둘이 미친 듯이 비를 온몸으로 느끼며 거리를 뛰어다녔다. 그렇게 30분을 뛰어놀고 다시 카페로 들어와서 앉았는데… "에취!!!" 당연히 감기가 안 걸리는 게 이상했다. 옷도 잘 마르지 않아서 한참을 카페에 앉아서 덜덜 떨다가 헤어졌다. 그 뒤로 다시는 그런 미친 짓은 하지 않았다.

#2 : 현장조사의 추억

사회 초년생 시절 제주도 도시계획 일로 현장조사를 하던 때다. 지도를 들고 각 마을에 현재 무엇이 있는지 조사하는데, 갑자기 비가 오기 시작한다. 아시다시피 제주도 날씨는 변화무쌍하다. 맑은 날씨였다가 갑자기 흐려지더니 비가 쏟아진다. 한 손에는 지도를 들고 다른 한 손은 펜을 들고 있는데 속수무책으로 당했다. 머리부터 발끝까지 물의 향연이다.

지도 위에 표시한 펜 자국은 이미 젖어서 번졌고 찢어졌다.

들고 뛰는데 바지와 신발이 물을 마시더니 무겁다. 다시 비 맞는 생쥐가 되었다. 한 시간 뒤 비는 구름과 함께 사라졌다. 그냥 멍하니 찢어진 지도를 들고 바다를 바라본다. 오늘 현장조사는 공쳤구나….

글을 보니 20대 시절 만난 여자친구가 비를 좋아해서 우산도 쓰지 않고 홀딱 맞았던 추억을 썼다. 또 사회 초년생 시절 제주도 현장조사 도중에 비가 와서 쫄딱 맞았던 기억이 나서 적어보았다. "비오는 날의 수채화" 노래 가사를 소개하고, 그에 따른 나의 생각을 적었다. "비"라는 주제로 글을 써본다면 당신은 어떤 글을 써보고 싶은가? 한번 자신의 경험, 기억과 상상력을 더해 다양한 주제로 자유롭게 써보길 바란다. 이렇게 하나의 단어로 여러 개의 주제로 확장시켜 쓰는 연습을 통해 글쓰기의 영역이 더 넓어진다.

오감으로 글을 써보자

1) 오감 글쓰기란?

지난달 자주 가는 북터치 하루독서 모임에서 김진향 작가의 《나를 더욱 사랑하게 되는 감성 글쓰기》 강연이 있었다. 글을 쓰는 사람으로 다른 저자의 글쓰기 강연을 듣는 일은 언제나 즐겁다. 강연 중에 눈에 띄었던 부분이 오감으로 글을 써보는 내용이었다.

사람이 가지고 있는 다섯 가지 감각 즉 시각, 후각, 미각, 청각, 촉각을 사용하여 느끼는 감정대로 글을 써보는 기법이다. 다섯 가지를 다 이용해도 되고, 어느 하나 특정 감각을 자극해서 써보라고 했다. 이런 글을 써 본 적이 있지만, 그 당시

엔 몰랐다.

2) 오감 글쓰기의 종류

오감 글쓰기를 세부적으로 다시 살펴보면 다음과 같다.

❶ 시각 : 보이는 모든 것을 쓰자.

우리는 세상을 눈으로 바라본다. 눈으로 보이는 모든 사물과 사람들은 각자 가지고 있는 고유의 색깔로 나타난다. 일상에서 보이는 모든 것을 보고 느낄 수 있다. 지금 내가 보고 있는 것들을 느끼는 대로 써보자.

"내 앞에 어두운 느낌을 가진 회색 간판 빌딩이 보인다."

❷ 후각 : 이게 무슨 냄새일까?

코로 세상의 모든 사물과 사람등의 냄새를 맡을 수 있다. 향기가 나기도 하지만, 악취가 나기도 한다. 평소에 지나가며 맡은 냄새에 대해 마음껏 써보자.

"진한 갈색 커피는 아주 구수한 향이 느껴진다."

❸ 미각 : 모든 음식과 내뱉은 말은 훌륭한 글의 소재가 된다.

입은 음식을 먹거나 말을 하는 기관이다. 음식을 먹고 여러 가지 맛을 느낄 수 있다. 단맛, 쓴맛, 신맛 등 다양하다. 인생은 이 미각과 닮아 있다. 입을 통해 나오는 말도 또 다른 미각이다. 맛을 느끼는 글을 써보자.

"오늘 따라 소주 한 잔 맛이 쓰다. 내 인생처럼."

❹ 청각 : 들리는 소리는 사람의 또 다른 모습이다.

두 개의 귀로 세상의 온갖 소리를 들을 수 있다. 그 소리의 느낌을 글로 표현할 수 있다. 일상에서 지나가는 소리를 한번 잘 듣고 담아 표현해보자.

"귓속으로 휘~ 하는 바람소리가 시원하게 들린다."

❺ 촉각 : 손과 발로 만질 수 있는 모든 느낌은 글의 소재가 된다.

손과 발을 이용하여 사물이나 사람과 직접 접촉한다. 만져야 알 수 있는 날 것의 느낌을 그대로 글로 옮겨보자.

"바람을 손으로 만졌더니 더 차갑게 느껴진다."

오감 글쓰기는 상상력과 감성을 길러주는 데 도움이 된다. 오늘 한번 어떤 장소에 무엇이 보이는지, 어떤 색으로 되어 있는지, 멋진 소리의 정체가 무엇인지, 내 코를 찌르는 향기는 무엇인지 등등을 상상하거나 보이는 그대로 적어보자. 한 줄씩 적다보면 자신의 오감이 살아있다는 것을 다시 한 번 느낄 수 있다.

3장

이렇게 하면
글쓰기가 쉬워진다

남의 글 + 나의 글을 쓰자

　글은 쓰면 쓸수록 어렵다는 것을 실감하는 요즘이다. 처음 글을 쓰기 시작할 때는 일단 많이 자주 쓰면 실력이 향상된다고 믿었다. 그렇게 매일 조금씩 쓰기 시작했다. 그렇다고 무대포로 쓴 것은 아니다. 내 나름대로 글을 잘 써보고 싶어 여러 방면으로 연구했다. 글을 쓰고 싶은데 처음에 어떤 방식으로 써야 재미도 있고, 실력도 향상되는지 고민했다.

　몇 날 며칠을 골똘히 생각한 끝에 글을 쓰기 위한 가장 쉬운 나만의 방법을 고안했다. 누구나 기준이 다르지만, 이 방법으로 접근하면 누구나 쉽게 쓸 수 있다고 자부한다. 그 방법은 바로 책을 읽다가 인상적이거나 감명 깊은 구절을 쓰고 이에 대한 자신의 생각, 느낌을 적어보는 것이다. 한 줄이라도 좋으니 생각나는 대로 기록해라.

나는 두 번째 책《미친 실패력》초고를 쓰면서 이 방법으로 이틀에 한번 꼴로 블로그에 포스팅했다. 책의 초고를 쓰는데 진도가 팍팍 나가지 못했다. 아직은 글쓰기 실력이 부족하다고 생각하여 실력 향상을 위해 다시 독서를 시작했다. 책을 읽으면서 마음에 드는 문구나 구절(=인상적이고 감명 깊은 구절)에 밑줄을 긋고 그것에 대한 나의 생각을 다시 정리해보기로 했다.

예시

❶ 책을 보고 인상적이거나 감명 깊은 구절이 밑줄을 긋는다.

"나는 에세이를 통해 사람 사는 이야기를 듣고 공감하는 것이 좋다. 내 삶의 호흡이 깊어지는 독서를 통해 내 자존감이 높아지는 공부를 하고 싶다."《일상이 독서다》, 이혜진

❷ 구절에 대한 나의 생각(단상)

요새 에세이가 참 좋아졌다. 자기계발서도 물론 그 사람

의 인생 스토리가 나오지만, 잔잔하게 재미도 있고 한 사람이 살아가는 이야기를 보는 재미가 쏠쏠하다. 혜진 작가님의 이 에세이도 상당히 재미있다. 앞으로도 죽는 날까지 책을 통해 내 자존감과 인생에 대해 좀더 깊이 있게 사색하며 지낼 생각이다.

❸ ❶+❷과정을 계속 반복한다.

글을 쓸 때 가장 쉽게 접근할 수 있고, 실력향상에 이 방법이 정말 도움이 된다. 책을 읽고 나서 한 줄의 구절이나 문장을 읽고, 한번 나를 대입하여 생각나는 대로 글을 쓰는 것이다. 첫날은 한 줄만이라도 자신의 생각을 기록한다. 차츰차츰 시간이 지나면 한 줄이 두 줄이 되고, 궁극적으로는 책의 원고를 긴 호흡으로 쓸 수 있다고 자부한다.

지금도 원고 및 블로그 작성을 위해 매일 글을 쓴다는 것이 쉬운 일은 아니지만, 위 방법대로 여러 권의 책을 매일 조금씩 읽고 자신만의 구절을 찾아 그 생각을 기록해보자. 한 달만 지나도 문장력이 좋아진다고 한다. 책을 읽고 마음에 두는 구절을 찾아 그에 대한 느낌이나 생각을 적어보는 행위를 통해 많은 분들이 글쓰기와 친해지길 바라본다.

다양한 구성 방식을 생각하자

5년 전 글을 처음 썼을 때 어떻게 써야 할지 막막했다. 아무것도 모른 상태에서 일단 쓰라고 글쓰기 책에서 보고 강의에서 들었는데 막상 실천해 보려고 하니 잘 되지 않았다. 머리가 멍해졌다. 분명히 쓰기 전에 무엇을 쓰려고 정리까지 했는데, 첫 문장부터 막힌다. 첫 문장을 써도 앞으로 어떻게 전개해 나갈지 막막했다. 이 문제를 해결하기 위해 다시 글쓰기 책과 강의를 보며 공부했다.

공부하다 보니 문제 해결에 대한 실마리를 찾을 수 있었다. 요리를 할 때도 레시피가 있는 것처럼 글도 먼저 구성 방식을 결정하고 써야 잘 쓸 수 있다는 명제를 다시 확인했다. 즉 글도 먼저 어떻게 무엇을 써야 할지 어떤 식으로 글을 전개할지 등등 프레임을 구성하는 것이 중요하다는 것이다.

초등학교 시절 국어 시간에 서론-본론-결론, 기-승-전-결의 방식으로 글을 써야 한다고 배운 기억이 난다. 이것을 다시 한 번 활용해보자. 여러 글쓰기 책을 보다가 나만의 큰 구성 방식을 먼저 만들었다. 이전에 많이 소개했던 구성 방식이다.

1) "경험-감정-(인용)-결론"

❶ **경험**-자신이 겪었던 경험을 쓴다. 구체적으로 사실을 적고 묘사한다.

❷ **감정**-그 경험에서 겪은 자신의 감정이 어떤지 기록한다. 직접적인 감정표현보다 비유적인 표현과 사람들과의 대화를 통해 독자에게 감정이 느껴지는지 서술한다.

❸ **인용**-다른 책이나 매체에서 나온 명언, 구절을 현재 글의 성격과 맞으면 가져와서 인용한다.

❹ **결론**-경험과 감정을 통해 느낀 점, 고쳐야 할 점, 방향 제시, 가치와 의미부여 등을 적고 글을 끝마친다.

글을 쓰기 전에 위의 구성 방식을 먼저 생각한다. 구성 방식 안에 어떤 내용을 넣을지 구상하고, 핵심 키워드를 작성한다. ❸인용은 어떤 자료(다른 저자의 책, 영화, 드라마 등)를 사용할지 미리 찾아본다. ❹결론도 어떻게 써야 할지 미리 키워드를 생각한다. 생각이 나지 않으면 노트에 어떤 내용을 쓸지, 어떻게 전개해야 할지, 어떤 글감을 활용할지 먼저 기록한다. 이렇게 미리 준비하고 글을 쓰면 수월하다.

좀 더 다양한 글을 쓰고 싶다면 위의 구성 방식을 응용하거나 다른 방식을 사용하자. 여러 글쓰기 책 중에《강원국의 글쓰기》책에 다양한 글의 구성 방식을 소개하고 있으니 참고하자.

칼럼을 쓰고 싶으면 "어떤 일이 일어난 현상-그 현상에 대한 진단과 검토-문제 해결을 위한 해법 및 방향 제시"순으로 쓰면 된다.

어떤 상품이나 강의를 홍보하는 글은 "주목을 끄는 미끼 문안 - 그 상품이나 강의의 특징 및 장점 제시 - 이것을 들으면 어떤 이익과 혜택이 있는지 - 안내"순으로 쓰자.

위로나 공감이 필요한 에세이는 "어떤 경험이나 사건 제

시 – 어려운 처지를 같이 공감하는 감정 제시 – 희망과 용기를
주는 메시지 투척(결론)"으로 쓰자.

글을 쓸 때 일단 쓰라고 해서 매일 조금씩 실천하는 것도
좋다. 하지만 계속 매일 쓰다 보면 내가 지금 잘 쓰고 있는지
에 대한 의문이 들 때가 있다. 나도 그랬다. 이렇게 막힐 때는
무턱대고 쓰지 말자. 미리 위의 구성 방식을 만들고 그 안에
어떤 글을 쓸지 고민부터 하자. 이런 식으로 반복하면 글을 쓰
기가 좀 더 쉬워진다. 오늘은 한번 위의 방법대로 글을 한 번
써 보는 것은 어떨까?

과거에 일어났던
역사적 사건을 이용한다

시간이 가면 갈수록 글쓰기가 어렵다. 물론 내 기준에서 더 잘 쓰고 싶은 욕심도 있지만 남에게 어떻게 해야 잘 전달하고 공감할 수 있게 할지가 제일 고민이다. 나름대로 글을 쉽게 쓰는 방법에 대해 연구하는 중이다. 글쓰기 수업과 책을 통해 정리하고 나만의 방식으로 적용해보는 중이다. 앞서 글을 쓰기 위한 가장 쉬운 방법 2가지를 소개했다.

오늘은 글을 쓰기 위한 가장 쉬운 세 번째 방법을 소개하고자 한다. 바로 과거의 사건을 이용하는 것이다. 여기서 말하는 과거의 사건은 예전 어떤 시점에서 자신에게 일어났던 나쁜 경험이 아니라 역사 속에서 일어난 큰 사건을 말한다.

지난 두 번째 방법은 구성 방식을 '경험-감정-(인용)-결론'의 방식으로 쓰면 쉽게 쓸 수 있다고 소개했다. 여기서 앞의 경험 대신 과거의 사건을 집어넣는 것이다.

예를 들어 제2차 세계대전에서 유대인을 학살한 나치의 만행을 서론에 언급한다. 이 만행에 대한 자신의 감정을 적고 이야기를 풀어나간다. 어떤 관점에서 어떻게 느끼는지 또 그것에 대해 어떻게 생각하는지에 따라 글의 주제가 달라질 수 있다. 나치의 만행이 반인륜적인 행위이고 전쟁은 다시 일어나지 않아야 한다라는 관점으로 글을 전개하면 결론은 그에 맞게 쓰면 된다. 중간에 인용은 인류애나 전쟁을 반대하는 명언이나 책 구절을 가져오면 결론을 더 강조할 수 있다.

역사에서 일어난 중요 사건을 들여다보면 거기에서 유추할 수 있는 글감이 무수히 많다. 또 누구나 알고 있는 보편타당한 사건이기 때문에 인용하기도 쉽다.

나의 글쓰기 선생님 이은대 작가도 이 방법으로 이용하면 글을 쓸 때 쉽게 접근할 수 있다고 강조한다. 조신영 저자의 《엘리베이션 파워》라는 책도 이 방법으로 글을 전개하고 있다. 과거의 사건을 통해 인문학적으로 해석하여 교훈을 주는 구성으로 되어있다. 오늘은 이 방법으로 한번 글을 써보면 어떨까?

말로 녹음하고
다시 들으며 써본다

가끔 명강사의 강연을 들을 때마다 감탄한다. 청중을 울리고 웃기다가 강력한 카리스마로 마무리하는 모습을 보면 박수가 절로 나온다. 말을 잘하면 글로 표현하는 것이 쉬울 것 같은데, 가끔 아는 강사들과 이야기를 나누어보면 그 반대의 경우도 많았다. 그런 경우 이런 방법을 써보라고 권유하는 편이다. 이 방법으로 《땅 묵히지 마라》를 출간할 수 있었다. 그 방법을 오늘 소개하고자 한다.

땅의 기초지식과 활용방안을 소개하는 책을 출간하고 싶어 기획하게 된 《땅 묵히지 마라》의 시작은 그동안 해오던 '토지

왕초보강의' 자료였다.

소규모 강의라도 하고 싶어 자료를 찾아 파워포인트로 정리한 강의 자료다. 첫 번째로 실제 강의하는 모습을 촬영했다. 그 촬영한 영상을 보니 목소리가 잘 들리지 않아 다음 강의 때는 녹음을 했다. 이 영상과 녹음 파일이 초고를 쓸 때 유용했다.

강사들은 이미 본인 콘텐츠에 대한 교안이나 강의 자료가 준비되어 있다. 이것을 순서대로만 엮어도 책의 개략적인 목차를 짤 수 있다. 목차가 준비되면 초고는 본인이 강의할 때 녹음하거나 영상을 찍고 그것을 활용하면 된다. 영상과 녹음본을 이어폰을 끼고 들리는 대로 글을 써보는 것이다. 일단 잘 쓰고 못 쓰고는 나중 문제다. 목차의 한 꼭지라도 처음부터 끝까지 쓴다. 우리가 회의가 끝나고 녹취록을 쓰는 것을 생각해보면 이해가 빠를 것이다.

그렇게 끝까지 쓴 원고는 아직 미완성이지만, 본인이 강의했던 내용은 다 들어가 있을 것이다. 이제는 원고를 처음부터 천천히 하나씩 소리 내어 읽으면서 수정해 나간다. 문장을 고치고 다듬는 작업이다. 또 서론-본론-결론의 구성 방식을 맞추기 위해 글의 순서를 문맥에 맞게 바꾸어 준다. 이렇게 2∼3번 작업하면 그래도 보기 좋은 글이 된다.

다시 요약한다.

① 강의 자료를 준비한다.
② 실제 강의하는 모습을 촬영하거나 녹음한다.
③ 영상과 녹음본을 들으면서 그대로 끝까지 쓴다.
④초고를 계속 수정한다.

이 방법은 강사가 본인의 책 원고 및 칼럼을 쓸 때 유용하다고 생각한다. 혹시 강사님 중에 글쓰기가 어렵다면 이 방법을 한번 추천드리고 싶다.

모방은 창조의 어머니다

어떤 분야든지 타고난 재능을 가지고 있는 사람들이 있다. 글쓰는 재능도 타고난 사람들은 잠깐 관찰과 사색을 끝내고 정리한 것을 한 번에 써내려간다. 그런 사람을 한 명 알고 있는데, 같이 글을 쓰게 되면 어떤 자료도 없이 오로지 자기만의 영감대로 쓴다. 나도 한번 따라 해보려 했지만, 역시 언감생심이다.

그와 다름을 인정한 나는 쓰고자 하는 주제와 관련된 자료나 참고도서 등을 먼저 조사하고 모아 분석한 후 글을 쓰는 편이다. 오늘 소개하는 글을 쓰기 위한 가장 쉬운 방법 다섯 번째는 바로 이것이다.

"모방은 창조의 어머니다."

즉 수집한 참고도서나 자료 중에서 자신에게 필요한 문장을 필사하거나 글의 구성 방식을 자세하게 살펴본다. 필사한 문장을 가지고 자신이 쓰고자 하는 글에 녹여낸다. 쓰다가 막히는 부분이 있으면 필사한 문장 중에 가장 알맞은 것을 따라서 쓰고, 단어 등을 그 글에 맞추어 고쳐주면 된다. 즉 남의 문장을 모방하여 자신만의 것으로 약간 변형시키는 것이다.

글의 구성 방식도 마찬가지다. 자신이 쓰고자 하는 글을 어떻게 시작할지 모를 때, 비슷한 주제의 책 한 꼭지나 칼럼 등이 어떻게 구성하여 결론까지 도출했는지 분석한다. 전형적인 서론-본론-결론 방식인지 인용-예시-감정-결론 등으로 전개했는지 등이 보일 것이다. 그 중에 쓰고자 하는 글에 맞는 구성 방식이 있다면 따라해보는 것이다.

나도 처음 글을 쓸 때는 책이나 칼럼 등을 많이 보고 읽었다. 그 중에 괜찮은 문장은 필사하고, 글을 어떻게 전개했는지 구성 방식을 공부했다. 그것을 가져와 흉내내고 모방했다. 그것이 익숙해지자 스스로 조금씩 나만의 방식으로 글을 쓰기 시작했다. 무엇을 처음 시작할 때 가장 빨리 배우고 익숙해지는 첫 번째 방법이 바로 모방이다. 일단 따라하고 흉내내어 익숙해진 후 자신만의 방법을 찾는 것이다. 글쓰기도 마찬가지다. 오늘은 이 방법으로 글을 써보면 어떨까?

글이 좋아지는 마법은?

여전히 글쓰기는 어렵다

글쓰기를 하고 싶어 하는 사람이 많아지고 있다. 인터넷과 SNS가 발달하면서 자신을 드러내거나 알고 있는 지식과 경험을 많이 공유하는 시대가 되었다. 자신만이 할 수 있는 지식이나 경험, 창업 등 목표를 정해 이뤄나가는 과정을 기록으로 남겨 올리다 보면 자신만의 콘텐츠가 되는 세상이다. 이것을 어떻게 잘 구성하여 올리고 싶은데, 사실 처음 글을 쓰는 사람들에게는 어렵다.

5년 넘게 매일 조금씩 글을 쓰는 생활을 하고 있다. 주로 블로그 등 SNS에 올릴 글을 쓴다. 가끔 그 글을 모아 책원고로 쓰기도 한다. 항상 느끼지만 글은 쓸수록 어렵다. 어떤 날은 도저히 어떻게 써야 할지 생각이 나지 않을 때도 있다. 엉덩이를 계속 붙이고 한 줄이라도 쓰기 시작하면 또 써지는 것이 글이다.

1) 글이 좋아지는 마법은?

글쓰기를 해야 하는데 어떻게 해야 할지 모르는 분들에게 일단 이렇게 이야기한다. 닥치고 쓰라고. 너무 표현이 거칠었다면 양해를 구한다. 글은 쓰고 싶은데 쓰지 않는 사람들이 많다보니 일단 노트북을 켜서 타자를 치거나 공책을 꺼내 한 줄이라도 기록하라고 권유한다.

그렇게 쓰기 시작했다면 반은 성공이다. 한 줄이라도 쓰기 시작했다면 끝까지 써지는 것이 글이다. 이런 글을 더 좋아지기 위한 방법은 무엇이 있을까? 여러 글쓰기 책과 강의를 통해 배운 지식과 나만의 경험을 곁들어 소개해본다.

❶ 화려한 미사여구 등 군더더기를 없애자.

처음 글을 쓸 때 온갖 미사여구 등을 붙여 화려하게 쓴 적이 있다. 유명한 작가를 흉내내기 바빴다. 잘 쓰지도 못하면서 저렇게 따라하면 잘 쓰는 줄 알았다. 읽어보니 문맥도 맞지 않고 이상하다. 이제야 안 것이지만 좋은 글은 전체적인 맥락이 맞고, 저자의 진심이 들어가 같이 공감할 수 있어야 한다. 그러기 위해서는 힘을 빼야 한다. 군더더기를 빼고 화려한 미사여구는 다 지워버리자.

❷ 문장은 길게 말고 짧게 쓰자.

작년에 글쓰기 선생님 이은대 작가에게 글은 좋은데 문장이 너무 길다는 지적을 받았다. 이후 어떻게든 짧게 쓰려고 한다. 짧게 쓰는 연습을 하니 읽기가 쉬워졌다. 문장이 길면 어색한 부분이 분명히 생긴다. 항상 글을 짧고 읽기 쉽게 쓰는 연습을 해보자.

❸ 다 쓰고 나면 소리내어 읽어보고 고쳐보자.

글을 완성했다면 그냥 블로그 등에 올리지 말자. 첫 줄부터 소리내어 읽어보자. 낭독하다 보면 분명 문장이나 구절에 어색한 부분이 있다. 그 부분을 고쳐 나가면 글이 좋아진다.

❹ 한 가지 주제만 쓰자.

어떤 주제를 받았다면 한 가지 이야기만 쓰자. 하고 싶은 이야기가 많겠지만 한 가지 주제로 담백하게 정리하면 글이 더 깔끔해진다.

❺ 매일 조금씩 쓰자.

어제 한 줄밖에 못썼다면 오늘 두 줄 써서 완성하면 된다. 매일 조금씩 쓰다보면 글은 갈수록 좋아진다.

❻ 같은 어미를 반복해서 사용하지 말자.

"~것이다."로 끝났는데 다음 문장도 "~것이다."로 하면 반복해서 글이 이상해진다. 같은 의미지만 다른 어미로 바꾸어 보는 것이 좋다. 또 문장에서 어쩔 수 없는 상황을 제외하고 최소한으로 단어 중복은 피해야 글이 좋다.

❼ 자기 경험이 들어간 이야기가 중요하다.

글쓰기 주제는 한정되어 있다. 또 누구나 알고 있는 주제다. 결국 좋은 글은 자신의 이야기가 들어가야 좋다. 그게 다른 사람이 쓴 글과 차별되는 무기가 된다.

위 7가지 방법을 생각하면서 글을 쓰면 확실히 좋아진다. 누구나 쓸 수 있는 글을 좀 더 위의 방법으로 세련되게 바꾸어 보자. 분명히 효과는 있다. 글쓰기는 흩어진 자신의 조각을 찾아 모으는 작업이다. 오늘도 한 줄이라도 적어보는 것은 어떨까? 매일 쓰는 당신이 진짜 작가다.

나만의 스토리텔링으로 풀자

지금도 SNS와 글쓰기 플랫폼에 수많은 글이 올라오고 있다. 나같이 평범한 사람들도 책을 출간하는 시대가 되었다. 하루에도 수없이 쏟아지는 글과 책 가운데 새로운 콘텐츠를 만든다는 것은 대단한 일이다.

글과 책의 주제가 대부분 세상에 이미 나와 있는 것들이 대부분이다. 그 이유는 사람들이 공감하고 관심을 가질 만한 주제들이 공통적이기 때문에 어쩔 수 없다. 그러면 읽는 독자들을 유혹하여 더 관심 있게 볼 수 있도록 하기 위해서 어떻게 글을 써야 할까?

답은 하나다. 이미 나와 있는 보편적인 주제에서 '나만이 가진 지식과 경험'을 스토리텔링으로 풀어내는 것이다. 같은 주제라도 내가 알고 있는 지식과 경험은 다르다. 예를 들어 재테크를 한다고 하더라도 내가 땅에 관심이 많다고 하면 다른 사람은 아파트나 상가에 더 눈을 돌릴 수 있다. 사랑을 한다 해도 해피엔딩으로 끝날 수 있지만, 새드 엔딩도 있다.

이처럼 세상에는 다양한 사람이 있기 때문에 그 한 명의 사람이 가지고 있는 스토리만 해도 무궁무진하다. 그만큼 글을 잘 쓴다는 것은 자신의 경험, 지식, 감정 등을 얼마나 잘 드러내느냐에 따라 달라진다.

1) 나만의 스토리텔링으로 푸는 글은 어떻게 써야 하는가?

❶ 나의 경험은 시간 단위로 잘라 생생하게 묘사하자.

독자들이 그 경험을 같이 상상하며 간접경험을 통해 같이 있는 듯이 써야 한다.

❷ 내가 가진 지식은 중학교 2학년 수준이 봐도 이해가 될 수 있도록 쉽고 재미있게 쓴다.

또 지식만 전달하지 말고 실제사례까지 넣어주면 금상첨화다. 독자들이 더 쉽게 이해할 수 있기 때문이다.

❸ 경험과 지식에서 느낀 내 감정은 있는 그대로 솔직하게 표현한다.

단순한 감정을 쓰지 말고, 독자들이 생생하게 느낄 수 있게 묘사해본다.

이렇게 나만의 스토리로 글을 쓰면 독자들이 같이 공감하고 이해하는 데도 도움이 된다. 오늘은 한번 자신이 가진 스토리가 무엇이 있는지 찾아보자. 그리고 어떤 주제라도 좋으니 그것과 연결하여 나만의 스토리텔링으로 풀어 글을 써보자. 글을 잘 쓴다는 것은 결국 나의 진정성 있는 이야기가 가장 바탕이 된다.

생각나는 대로 적어보자

시간이 지나면 더 잘 써지는 줄 알았지만, 글쓰기는 그 반대이다. 점점 더 쓰는 것이 어렵고 두렵다. 그럴 때마다 다른 사람들은 어떻게 쓰는지 다양한 글쓰기 책과 강의를 본다. 그다음 다시 노트북을 켜서 자판을 손이 가는 대로 두드려본다. 이렇게 하다 보면 글 하나가 또 써지는 경우도 있다.

오늘 소개할 글을 쓰기 위한 가장 쉬운 방법이 바로 위에서 언급한 내용이다. 지금 생각나는 대로 자판을 치거나 적어보는 것이다. 특히 글쓰기가 하고 싶은데 어떻게 써야 할지 모르는 초보자나 잘 쓰다가 슬럼프를 겪거나 갑자기 써지지 않는 사람들에게 유용한 방법이다. 그렇게 생각나는 내용을 어떻게 쓰면 좋을까?

1) 지금 나의 기분과 감정은 어떤지 적어본다.

현재 나의 기분이 좋은지 나쁜지 판단하여 첫 문장을 쓰기 시작한다. 감정이 우울한지 기쁜지 화가 났는지 등등 좀 더 세부적으로 접근하여 문장을 이어나가보자. "오늘 나는 기분이 좋지 않다. 배우자와 사소한 일로 다투어서 감정이 매우 불쾌하다…"이런 식으로 생각나는 대로 시작한다. 그 다음 무슨 일로 그 기분과 감정에 처하게 되었는지 구체적으로 쓴다.

2) 무엇을 먹었는지 한번 적어본다.

사람은 누구나 때가 되면 음식을 먹는다. 오늘 점심에 어떤 음식을 누구와 먹고, 맛은 어땠는지 등등 기억나는 대로 적어보자. 쓰다보면 희한하게도 먹은 그 순간이 영화처럼 떠오르는 경험을 하게 된다.

3) 앞으로 무엇을 하고 싶은지 적어본다.

여긴 먼 미래의 일이 아니라 아침이라면 오후에 무엇을 할 것인지, 밤이라면 다음날 오전에 무슨 행동을 할지 생각나는 대로 적어보자. 다이어리나 바인더에 끄적이는 것도 좋다.

위 세 가지 말고도 쓸 거리는 더 있다. 여기서 중요한 것은 그냥 생각나는 대로 써야 한다. 글감을 찾아 구성하여 뭔가를 포장하거나 꾸며 쓰는 글이 아니라 내 마음에 낙서하듯이 손이 가는 대로 쓰는 것이다. 잘 써야겠다는 압박감도 들지 않고 그냥 물 흘러가듯이 쓴다고 보면 된다.

사람들이 글을 쓰기가 어려운 것이 남에게 잘 보이고 싶은데 내 글이 그 정도 수준이 될까 하는 부끄러운 마음이 크기 때문이다. 지금 당장이라도 그 마음을 버리고 하고 싶은 말을 하고, 느낀 것, 공감한 것을 생각나는 그대로 글로 적어보자. 오늘이 바로 글쓰기 좋은 날이다.

내가 좋아하는 작가의 책을 만나자

처음에는 내 마음 가는 대로 아무런 구성없이 편하게 글을 썼다. 당연히 독자를 신경 쓰지 않고 내가 쓰고 싶은 대로 썼다. 한 줄만 쓰기도 하고, A4 2장 분량의 긴 장문을 쓰기도 했다. 블로그에 조금씩 올리니 이웃들이 보기 시작한다. 가끔 공감도 눌러준다. 글에 대한 칭찬과 비판, 때로는 충고에 대한 댓글도 올라온다. 사람이다 보니 칭찬에는 더 쓰고 싶고, 허접하다는 비판의 댓글을 보면 며칠간 잠수타기도 했다.

보는 사람이 많아지다 보니 더 잘 쓰고 싶어졌다. 글쓰기 강의도 듣고 책도 읽었다. 방법들을 하나씩 메모하고 공부했다. 직접 쓰면서 적용했다. 그렇게 조금씩 쓰다 보니 글의 구성이나 문장도 조금씩 다듬어져 갔다. 그러나 글은 쓰면 쓸수록 어렵다.

여전히 잘 쓰는지도 모르겠다. 그래도 매일 쓴다면 분명히 글을 쓰는 실력도 향상되는 건 사실이다. 오늘도 내가 글을 쓰기 가장 쉬운 방법 하나를 소개한다. 작년부터 써먹던 방법이다.

바로 내가 좋아하는 작가의 책을 자주 접해 보는 것이다. 그 작가의 책을 옆에 두고 시간이 날 때마다 읽는다. 글의 구성 방식을 어떻게 썼는지, 문장과 구절은 어떻게 표현했는지, 어떤 어휘력을 구사하는지 등등 자주 보면서 연구했다. 요새 내가 자주 보는 책은 내 글쓰기 사부님 이은대 작가와 닮고 싶은 김종원 작가의 책이다. 두 작가가 출간한 책을 언제든 볼 수 있게 가까이에 두었다.

쓰고 싶은 주제가 있다면 먼저 두 저자의 책 중에 비슷하게 쓴 꼭지를 찾아 읽어본다. 구성 방식, 문장과 구절의 표현 방식, 글의 호흡과 강약 조절, 인용 문구 및 결론 부여 등등 자세하게 살펴본다. 다시 책을 덮고 그들이 썼던 방식을 흉내낸다. 글의 구성 방식과 문장 등을 따라 쓰고, 나만의 어휘력을 넣어

변경한다. 이렇게 쓰는 연습을 하다 보니 두 저자의 글과 조금은 비슷해지는 느낌을 받았다.

글을 어떻게 쓸지 고민이 된다면 우선 자기가 좋아하는 작가의 책을 다시 집어들자. 옆에 두고 그냥 읽는 것이 아니라 위에서 내가 언급한 대로 그 저자가 어떤 스타일로 썼는지, 전개 방식이 어떤지 등등 한번 글을 쓰는 입장에서 반복해서 읽어보자. 이때는 속독이 아닌 정독이어야 한다. 이후 그 작가의 스타일대로 한번 따라 해본다. 몇 번 하다 보면 글쓰기가 좀 수월해진다. 지금 당장 적용해보자. 지금이 바로 글쓰기 좋은 시간이다.

"좋아하는 작가의 책을 자주 보고 따라 쓰다 보면 어느새 작가가 된 자신을 발견할 수 있다."

나만의 첫 문장 쓰는 법

SNS에서 글을 쓰거나 책을 내기 위해 원고를 쓰다보면 가장 큰 고민이 첫 문장을 어떻게 시작해야 할까 하는 것이다. 나도 첫 문장을 어떻게 쓸지 글을 쓸 때마다 고민이다. 첫 문장 쓰기가 처음부터 잘 풀리면 그 다음부터 글 전개도 술술 잘 써내려간다. 그렇지 못한 경우에는 한두 줄 쓰다가 시간만 날리는 경우도 부지기수다. 그럼 어떻게 하면 첫 문장을 쉽게 쓸 수 있을까? 나만의 첫 문장 쉽게 쓰는 법을 한번 같이 공유해보고자 한다.

1) 책에 나오는 인상 깊은 구절이나 명언으로 시작하자.

쓰고자 하는 주제와 맞는 구절이나 명언을 찾아서 첫 문장에 쓰는 것이다. 예를 들어 주제가 '실패'라고 한다면 실패에 관한 구절, 명언을 찾아보자. 위인이나 유명한 셀럽이 그 주제에 맞게 이야기한 명언이 많이 검색될 것이다. 그 중에서 지금 쓰고자 하는 '실패'의 세부주제와 어울리는 구절, 명언을 하나 골라 쓴다. 이후 그 구절과 명언에 맞는 자기의 경험을 사례로 들면 쉽게 글이 전개될 수 있다.

2) 어떤 특정한 날에 있었던 사건으로 시작하자.

자기 인생에 특별했던 사건이나 우리나라 사람들이 기억하는 일을 떠올려 첫 문장을 써보자. 예를 들어 축구를 좋아하는 사람이라면 2002년 월드컵 4강이나 오늘 새벽에 있었던 20세 이하 월드컵 준우승 등을 길거리 응원을 하며 만끽했던 사건을 떠올린다. 그 날에 특별하거나 분위기 등을 첫 문장에 서술한다. 그 사건으로 파생된 자기만의 경험이나 느낌을 서술하다 보면 한 편의 에세이가 완성될 수 있다.

3) 현재 나의 상황에 대해 가볍게 서술하자.

현재 나의 상황에 대해 가볍게 첫 문장에서 건드려준다. 취업을 준비하는 대학 졸업반 학생이 취업이 어렵거나 40대 가장이 먹고 사는 게 빠듯한 상황이라면 그 상황에 대해 서술하고 느낌을 적어본다. 그리고 그 상황을 해결하기 위한 방법 등을 찾아 글을 전개하면 쉽게 풀어나갈 수 있다.

다른 방법도 있지만 나는 위에 3개의 방법을 가지고 첫 문장을 쓰고 있다. 그렇게 시작하여 글을 전개하다 보면 처음에 생각했던 방향과 다르게 갈 수도 있다. 글을 잘 쓰려면 일단 무조건 많이 써봐야 한다고 하는데, 첫 문장부터 막히면 쓰려고 했던 열정까지 식을 수 있다. 혹시 글이 잘 안 써진다면 위의 소개한 방법대로 써 보는 것은 어떨까? 정답은 아니지만 그래도 조금은 수월하게 시작할 수 있다고 자부한다. 오늘도 열심히 글을 써보자!

마무리는 어떻게 하면
잘 할 수 있을까?

글쓰기는 어렵지만, 어떤 날은 술술 써진다. 첫 문장부터 전개까지 시원시원하게 쓰다가도 글의 마무리를 어떻게 해야 할지 고민하게 되기도 한다. 여러 책, 영상 및 강의를 통해 정리한 글을 마무리 하는 방법을 몇 개 소개한다.

1) 처음에 쓴 주제를 다시 강조하고, 내용을 요약한다.

글쓰기 구성 방식을 공부할 때 흔히 말하는 PREP(프렙) 구조를 활용한다. P는 포인트로 이 글에서 말하는 주제를 말한다. 앞의 P는 이 글에서 전달하고자 하는 메시지를 먼저 주장한다. R은 포인트를 뒷받침하는 이유와 근거, E는 예시를 의미한다. 마지막 P가 앞에서 언급한 메시지를 요약하여 다시한 번 강조한다.

2) 나의 다짐이나 결심으로 끝낸다.

어떤 경험을 통해서 느낀 점이나 책 또는 강의를 통해 배웠던 내용을 근거로 글을 썼다고 가정하자. 그것을 통해 앞으로 어떻게 적용할 것인지 다짐이나 결심으로 글을 마무리하는 것도 좋다.

3) ~하면 어떨까?라는 질문형으로 끝낸다.

2)번에서 다짐이나 결심을 강조하고, 다른 사람들에게도 추천하는 식으로 ~하면 어떨까?라고 질문하면서 글을 마무리하는 것도 나쁘지 않다.

4) 명언이나 속담, 책속의 한 구절을 소개하면서 끝낸다.

글의 첫 문장을 시작할 때도 많이 사용하는 방법이다. 마지막에 자신이 썼던 글과 맞는 명언, 속담 등으로 전달하고자 하는 메시지를 강조하면서 끝낼 수 있다. 많은 사람들이 알고 있어 읽는 사람이 한 번 더 신뢰감을 느낄 수 있다.

이외에도 다른 방법으로 글을 끝낼 수 있지만, 나는 위에 언급한 네 가지를 주로 이용하는 편이다. 글을 어떻게 마무리하느냐에 따라 읽는 독자의 반응이 달라질 수 있다. 글의 마무리가 어렵다면 한번 위의 방법대로 연습해 보자. 다른 마무리 방법이 있는지 한 번 더 찾아보고자 한다.

누구나 이해하기 쉬운 글을 쓰자

1) 왜 이리 어렵지?

몇 달 전 유명 대학교수가 쓴 심리학 책을 읽은 적이 있다. 내용을 읽어도 이해가 잘 되지 않았다. 심리학 책도 여러 권 읽었지만, 이 책은 한 페이지를 읽고 다음 장으로 넘어가는 게 다른 책보다 몇 배나 걸렸다. 생각보다 읽는 시간이 너무 오래 걸렸다. 이해를 다 하지 못한 상태에서 일단 끝까지 읽는 것을 목표로 했다.

왜 이렇게 이해가 되지 않는지 살펴봤다. 자세히 읽어보니 대학교수인 저자가 혼자 알고 있는 전문용어를 대부분 사용하다 보니 어려웠던 것이다. 이렇게 자기 혼자만 알고 있는 단어와 문장을 쓰면 독자가 혼란스럽다. 저자가 독자에 대한 배려를 하지 않은 것이다. 이 책을 구입하여 읽는 사람은 잘 모르는 심리학을 배우고 싶었을 뿐이다. 그러나 익숙지 않은 전문용어의 등장으로 오히려 머리가 아파온다. 이렇게 이해가 되지 않으면 아무리 좋은 콘텐츠라도 읽기 싫어진다. 더구나 책에 대한 흥미도 떨어지다 보니 결국 읽지 않게 된다.

2) 누구나 쉽게 이해되는 내용으로 쓰자.

일본작가 요시모토 다카아키는 "저자의 이해도가 깊으면 깊을수록 아무리 어려운 내용이라도 알기 쉬운 표현으로 말할 수 있다."고 했다. 즉 독자를 위해 어려운 전문용어는 누구나 쉽게 알 수 있는 단어로 바꾸어 보자. 글이나 책은 초등학교 6학년에서 중학교 2학년 정도 아이들이 읽어도 이해가 될 수 있게 쉽게 쓰는 것이 좋다. 그런 노력을 하지 않는 작가는 독자에게 미안한 마음을 가져야 한다.

구체적으로 전문성에 빠지지 않고 어떻게 하면 쉽게 이해되는 글을 쓸 수 있을까? 가상의 독자 한 명을 생각한다. 그

가상의 독자가 어리면 어릴수록 좋다. 그에게 내가 알고 있는 전문지식을 알기 쉽게 풀어서 설명해본다. 정말 바꿀 수 없는 고유명사를 제외하고 전문용어는 다른 쉬운 단어로 대체할 수 있는지 찾아보자. 그렇게 하나씩 단어를 채워 한 문장씩 완성하자.

예를 들어 내가 쓴 책 중에 《땅 묵히지 마라》도 이런 식으로 집필했다. 도시공학을 전공하여 오랫동안 땅 인허가 관련 일을 했다. 그 지식과 경험도 어떻게 보면 전문가로 볼 수 있다. 땅을 아예 모르는 한 사람을 생각하고 그에게 설명하듯이 썼다. 땅의 용도지역이 주거지역, 상업지역, 공업지역 등도 전공서적에 나와 있는 용어 정의대로 쓰지 않았다.

'주거지역은 말 그대로 우리가 살고 있는 집들이 모여 있는 땅이다'라는 말로 쉽게 풀어냈다. 그렇게 쓴 결과 읽어보니 땅에 대해 쉽게 이해할 수 있어 좋았다는 의견이 많아 기분이 좋았다.

좀 있어 보이기 위해 어려운 전문용어를 많이 쓰거나 화려한 미사여구로 치장하지 말자. 좋은 글은 누가 읽어도 이해가 쉬워야 한다. 문장은 짧게, 내용은 쉽게 쓰는 연습을 하자. 군더더기 없이 담백하게 쓰자. 어려운 내용과 문장은 독자를 기만하는 행위다. 많은 사람에게 이해하기 쉬운 단어나 문장만큼 쓰기 어려운 글은 없다.

글을 쉽게 묘사할 수 있는 방법

묘사의 뜻을 사전에서 찾아보니 다음과 같다.

"어떤 대상이나 사물, 현상 따위를 언어로 서술하거나 그림을 그려서 표현하는 방법"

쉽게 말해서 내가 보는 사물, 사람 및 상황 등을 타인이 이해할 수 있도록 자세하게 말을 하거나 글을 쓰고 또는 그림을 그리는 행위이다. 묘사하는 글쓰기란 그 모습을 보고 작가의 마음에 떠오른 생각을 글로 표현하는 것이다. 묘사가 탁월한 글일수록 생동감이 넘친다. 그 글이 생생하고 현실감이 있기에 읽는 독자는 그 사람, 사물 및 상황 등을 정확하게 상상할 수 있다.

그러나 묘사라는 것이 하루아침에 길러지지 않는다. 특히 글쓰기로 묘사하는 방법이 말이나 그림을 그리는 것보다 어렵다. 나도 사실 묘사하는 글을 쓰는 것이 지금도 익숙하지 않지만, 처음보다 많이 나아졌다. 오늘은 묘사하는 글을 어떻게 하면 쉽게 쓸 수 있는지 나만의 방법을 소개하고자 한다.

1) 소설책을 읽어보자.

소설은 다른 비문학 장르와는 달리 각각 인물이 사건을 통해 전개된다. 각각 사건에 대해 작가는 자세하게 묘사한다. 그 인물의 현재 상황, 모습, 감정 등이 생생하게 표현된다. 이렇게 소설책을 자주 읽다보면 묘사에 대해 금방 익힐 수 있다. 나도 에세이를 처음 쓸 때 소설책을 많이 읽었다. 주요인물과의 갈등, 사랑 등 이야기 전개 시 나오는 묘사 글을 필사하면서 조금씩 적용했다. 묘사가 어렵다는 분들은 우선 소설책부터 찾아 읽어보자.

2) 오감을 이용하여 일상을 관찰하자.

묘사하기 위해서는 관찰이 선행되어야 한다. 보는 사물이나 사람, 현상 또는 상황 등을 내가 가진 오감을 이용하여 주의 깊게 관찰한다. 시각·촉각·후각·미각·청각을 가지고 어떻게 보이고 들리는지, 또 어떤 냄새와 맛이 있는지, 만졌을 때 어떻게 느껴지는지 등등 스스로에게 질문한다. 오감에서 느낀 질문에서 답을 찾아 메모한다. 바로 쓰지 않으면 잊어버린다.

3) 지도, 그림 등을 보고 자세하게 표현하자.

매일 회사까지 출퇴근하는 경로나 점심을 먹기 위해 식당을 찾으러 가는 길을 지도맵을 켜서 걸어가며 메모해보자. 시간은 얼마나 걸리는지, 도착지까지 가기 위해 어느 건물과 도로를 지나야 하는지, 대중교통은 무엇이 지나가는지, 그 길을 지나가면서 보이는 주요 빌딩이 무엇이 있는지 등등 살펴보고 보이는 대로 메모해보자. 그것을 그대로 살을 더 붙여 글로 쓰게 되면 묘사가 쉬워진다.

4) 비유적인 표현을 쓰자.

비유를 적절하게 써도 묘사에 탁월해진다. 비유는 흔히 '~와 같이, ~처럼'과 같이 직접적으로 비유하는 '직유'와 간접적으로 돌려서 표현하는 '은유'법으로 나눌 수 있다. 어떤 사물과 사람, 사건을 보며 비유적인 표현을 한번 써보는 연습을 해보자.

다양한 방법이 또 있지만 위의 4가지를 이용하면서 나는 글을 묘사하는 방법을 익힐 수 있었다. 묘사를 잘하게 되면 생생하고 현장감 있는 글을 쓰는 것이 수월해진다. 특히 에세이 장르를 쓰고 싶으신 사람이라면 묘사에 더욱 신경을 써야 한다. 독자들이 같이 상상하고 호흡해야 좋은 글이기 때문이다. 오늘은 내 눈 앞에 보이는 사물이나 사람을 한번 묘사해 보는 것은 어떨까?

4장

블로그 글쓰기로도
책을 낼 수 있을까?

온라인 글쓰기 비법

바야흐로 모든 정보가 노출되는 시대다. 불과 25년 전만 해도 책이나 잡지, 텔레비전, 신문 등의 미디어를 통해 나오는 정보가 한정되어 있었다. 글쓰기도 전문적인 분야에 있는 사람들의 전유물이었다. 그러나 인터넷의 발달과 함께 누구나 온라인 상에서 글을 쓸 수 있게 되었다.

한 키워드로 포털 사이트에서 검색하면 지구상의 수많은 사람이 같은 주제로 글을 썼던 흔적과 정보가 고스란히 나온다. 그만큼 글쓰기도 진입장벽이 낮아졌다. 지금도 온라인 상에 블로그 등 SNS에 많은 글이 올라온다. 나도 그런 사람 중의 하나이다. 오늘은 내가 생각하는 온라인 글쓰기 비법에 대해 한번 알아보고자 한다.

1) 일단 한 가지 주제(콘텐츠)를 정하고 꾸준히 올린다.

블로그나 브런치, 인스타그램 등 글을 올릴 수 있는 SNS나 플랫폼이 많다. 일단 가장 중요한 것은 본인에게 가장 잘 맞는 글쓰기 플랫폼을 찾는다. 쓰고 싶은 주제를 한 가지 정한다. 그 주제에 대한 정보나 에피소드 등을 다양한 형태의 글로 꾸준하게 올린다. 이렇게 꾸준하게 올리다 보면 독자들의 반응이 조금씩 오기 시작한다. SNS의 이웃도 증가하고, 공감도 늘다보면 글쓰는 재미에 푹 빠질 수 있다.

2) 시간을 정해놓고 올리는 것이 중요하다.

블로그나 브런치 등 SNS에 글을 업로드(포스팅) 하는 타이밍도 중요하다. 본인의 정성과 공을 들여 쓴 글을 많은 사람이 읽어주었으면 하는 게 사람의 본성이다. 나는 새벽 6시~7시 사이, 점심시간 12시~1시, 저녁 6시 전후로 맞추어 업로드한다. 물론 직장에서 일을 할 때는 그렇게 하지 못하는 경우가 많아 예약 포스팅을 이용하는 경우가 많다. 하루에 3개 정도로 올리면 가장 좋지만, 현실적으로 1일 1개의 온라인 글쓰기를 선택하고 자기에게 맞는 시간을 정하여 올려보자.

3) 처음에 반응이 없는 것을 두려워하지 말자.

처음에 올린 글은 지금 봐도 초라하고 형편없다. 그 글에 이웃이나 독자의 반응이 없는 것이 당연한데, 그때는 왜 그렇게 신경 쓰였는지 모른다. 많은 사람들이 블로그에 글을 쓰고 얼마 못가 포기하는 경우가 이런 이유다.

자기가 쓴 글에 남들이 어떻게 읽을지 엄청나게 신경 쓴다. 혹여 악플이라도 달릴까 봐 미리 걱정한다. 그러나 처음부터 반응이 확 일어나지 않는다. 이제 쓰기 시작했는데 공감이나 댓글이 하나 달리는 게 정상이다. 꾸준하게 쓰다보면 자연스럽게 반응이 따라온다. 처음부터 반응이 없는 것에 대해 신경 쓰지 말고 일단 닥치고 쓰자.

나는 2003년 블로그를 만들었지만 꽤 오랫동안 방치했다. 5년 전, 그러다가 2015년부터 본격적으로 글쓰기 실력을 키우기 위해 블로그를 이용했다. 독서와 글쓰기를 한 주제로 정해놓고 매일 조금씩 쓰기 시작했다. 처음에는 책에서 인상 깊은 구절 하나를 쓰고 거기에 맞는 내 생각을 적어 블로그에 올렸다. 점차 단상, 에세이, 리뷰 등의 큰 틀이 갖추어지고, 그에 맞게 계속 온라인 글쓰기를 하다 보니 120명에서 7,300명에 가까운 블로그 이웃이 모였다. 많은 분들이 방문하여 내 글을 읽어주실 때마다 감사하다.

블로그나 브런치 등 글쓰기 플랫폼으로 글을 쓰기 시작했다면 포기하지 말고, 딱 한 가지 주제를 정해놓고 꾸준히 써보자. 지금의 초라하고 보잘 것 없는 글이지만 그것이 모이면 언젠가는 위대한 작품이 될 수 있다는 것을 믿자.

나의 블로그 글쓰는 과정 (1일 1포스팅 하기)

2016년 가을 두 번째 책 원고를 쓰기 시작하면서 부족한 글쓰기 향상을 위해 블로그에 1일 1포스팅하기 원칙을 세우고 지금까지 써오고 있다. 정말 바쁘거나 피곤한 일이 아니면 하루에 하나는 꼭 어떠한 형식으로 글을 쓰려고 노력한다. 단상, 에세이, 리뷰 등의 형태로 다양하게 시도해보는 중이다.

매일 미라클 모닝을 못하지만, 가끔 일찍 일어나는 날은 새벽에 글을 쓰고, 보통 퇴근 후 애들이 자는 10~11시 이후에 글을 쓰는 편이다. 그렇다고 딱 앉자마자 글을 써서 포스팅을 하는 것은 아니다. 가끔 사람들이 어떻게 블로그에 매일 글을 쓰는지 물어보셔서 밤에 글을 쓰는 것을 전제로 그 과정을 한

번 소개해 보고자 한다. (쓰는 과정은 다 다르므로 참고만 해주세요!)

1) 어떤 글을 쓸지 고민하고, 글감을 찾는다.

아침에 일어나면 어제 읽었던 책, 보았던 영화나 인터넷 서평, 또는 지난 나의 경험 등을 떠올려 어떤 주제로 쓸지 고민한다. 주제가 정해지면 단상, 에세이, 리뷰 등 장르를 고른다. 출근 준비 전에 일단 노트에 간략하게 메모한다. 출근 준비를 하면서 머릿속으로 또 다른 글감이 있는지 계속 떠올려본다.

2) 글을 쓰기 위한 재료, 즉 자료를 찾는다.

집에서 직장까지 출퇴근 시간은 약 1시간 정도 소요된다. 출퇴근 시 오전에 찾은 글감에 대한 재료, 즉 자료를 찾는 작업을 한다. 보통 사람들은 에버노트도 활용하고 하지만, 나는 아직 아날로그적인 사람이라 스마트폰을 꺼내 네이버나 다음, 구글 등 포털사이트를 검색하여 자료를 찾는다. 명언, 인용할 문구, 결론에 넣을 수 있는 좋은 문장 등을 캡처한다. 회사에 오면 점심시간에 그 캡처한 것을 파일로 저장하여 내 메일로 보낸다.

3) 어떤 프레임으로 쓸지 구성한다.

자료를 찾았으면 퇴근 후 시간이 나면 노트북을 켜고 메일에 있는 자료를 열어본다. 이제 글감과 자료를 가지고 글을 어떻게 구성할지 고민한다. 장르에 따라 프레임 구성이 달라진다. 에세이는 스토리 형식으로 가다가 여운을 남길 수 있는 프레임으로 갈 수 있다. 단상은 서론(문제제기)-본문(경험, 인용 등)-결론(주장, 메시지 전달)의 구성을 할 수 있다. 리뷰는 책이나 영화를 보고 얻을 수 있는 메시지, 인상 깊은 구절, 총평 등의 순으로 생각한다. 또 같은 장르라 하더라도 글감이나 소재, 자료에 따라 코믹해지거나 무거워질 수 있어 글에 대한 감정 전달도 같이 고민한다.

4) 초고를 쓰고, 퇴고를 한다.

프레임 구성까지 마치면 일단 글을 쓰기 시작한다. 책 원고를 쓸 때도 그렇지만 블로그 글도 일단 끝까지 먼저 쓰는 게 중요하다고 생각한다. 일단 내용이 채우는 것이 1차 목표다. 생각한 프레임대로 초고를 쓴다. 마치고 나서 다시 한 번 처음부터 소리내어 읽으면서 퇴고에 들어가면 된다. 글은 몇 번씩 고치면 고칠수록 더 좋아진다. 이렇게 초고를 쓰고 퇴고까지 약 1시간 30분 정도는 소요된다.

나는 이런 4가지 과정으로 블로그에 글을 쓰고 있다. 짬짬이 10~20분 정도만 투자하면 글감이나 자료를 찾는 것은 어렵지 않다. 그래도 어렵다면 주말에 다음 주중에 어떤 글을 써 볼지 미리 글감들을 찾아 메모하고, 하나씩 꺼내어 차례대로 써 보는 것도 방법이다. 더 중요한 것은 억지로 매일 블로그 1일 1포스팅을 하는 것은 좋지 않다. 하기 싫은데 블로그를 키우기 위해서 1일 1포스팅을 꼭 하는 것보단 일주일에 2~3개 정도라도 스스로 하고 싶을 때 하는 것이 좋다고 생각한다. 오늘도 나는 부족한 실력 향상을 위해 꾸준하게 글쓰기를 할 것이다.

블로그를 통해
내 콘텐츠를 찾는 방법

　블로그에 본격적으로 글을 쓰고 올린 지도 6년이 넘어간다. 2015년에 첫 책 원고를 쓰며 글쓰기 실력을 같이 키우고 추후 홍보 마케팅 도구로 사용하기 위해 블로그를 선택했다. 독서 리뷰와 단상, 에세이 등의 글을 주로 쓰고 감사일기, 강의 후기 등을 가끔 쓰며 구성을 맞추었다. 이렇게 매일 조금씩 쓰다 보면 자신만의 콘텐츠를 찾을 수 있다. 블로그를 통해 어떻게 콘텐츠를 찾을 수 있는지 오늘은 김형환 교수님의 방송을 듣고 나만의 생각을 더해 다시 정리한다.

1) 내 일상의 조각을 모으고 기록하자.

오늘 했던 경험, 만나는 사람과의 대화, 읽고 있는 책, 들었던 강의 후기, 다녀온 여행, 아이의 성장 과정 등 나의 일상을 매일 조금씩 쓰자. 하루 24시간 자는 시간을 제외한 내 모든 일상의 조각을 모아서 기록하자. 글쓰기는 흩어진 그 조각을 모아 다시 합치는 과정이다.

읽었던 책이나 들었던 강의 내용을 그대로 블로그에 올리지 말고, 거기에서 배우고 깨달았던 나의 생각을 적어보자. 그것이 모이면 콘텐츠가 될 수 있다.

2) 비슷한 주제라도 나만의 이야기를 쓰자.

사람이 사는 세상이라 결혼, 육아, 취업, 은퇴, 실업 등등 키워드는 다 비슷하다. 그 키워드를 가지고 많은 사람들이 글을 쓴다. 그들이 쓴 글이 비슷하게 보일지 모르지만, 각자 자신만의 스토리가 있기 때문에 다르다. 예를 들어 같은 육아라는 주제로 쓴다 해도 나는 아이 3명을 키우는 아빠이기 때문에 1~2명을 키우는 부모보다 다르게 접근할 수 있다. 이렇게 나만의 이야기를 쓰다보면 콘텐츠를 발견할 수 있다.

3) 내가 좋아하는 취미나 알고 있는 지식과 경험을 적어보자.

24시간 동안 쉬지 않고 떠들 수 있고 평소에도 즐겨하는 취미, 상대방의 문제를 해결할 수 있는 지식이나 경험을 블로그에 써보자. 한 주제를 정해놓고 매일 소주제로 쓰다 보면 많이 노출된다. 관심사가 비슷하거나 문제를 해결하고 싶은 사람들이 이웃이 되고, 공감과 댓글을 달아준다. 그렇게 매일 꾸준히 기록하다 보면 자신만의 콘텐츠로 장착할 수 있다. 나는 매일 기록한 독서 리뷰와 단상, 에세이 등이 모여 책이 되었다. 독서와 글쓰기라는 콘텐츠를 가질 수 있게 된 것이다.

10분 경영을 듣고 나만의 생각을 더해 블로그를 통해 내 콘텐츠를 찾는 법을 정리했다. 나도 블로그에 내 일상을 기록하고, 지식과 경험을 나누다 보니 이만큼 올 수 있었다. 여전히 나만의 컬러 콘텐츠를 찾는 중이다. 그러기 위해서는 다시 새로운 경험과 지식을 배우고 적용하여 기록해보고자 한다. 오늘 있었던 일부터 블로그에 써보는 것은 어떨까? 몇 번 강조하지만 그 보잘 것 없는 한 줄이 자신의 운명을 바꿀 수 있는 근사한 콘텐츠가 될지도 모른다.

당신이 블로그에
올려야 하는 글

    며칠 전 들은 김형환 교수님의 방송 주제는 〈당신의 블로그에 올려야 할 글〉이다. 우선 교수님은 나의 삶을 기록하기 위해서는 블로그부터 만들라고 했다. 수익을 위해 콘텐츠도 중요하지만 일단 내가 세상에 있어야 한다. 나의 이야기가 들어간 콘텐츠가 차별화될 수 있다. 나의 이야기를 가장 잘 표현할 수 있는 곳이 바로 블로그다. 그럼 블로그에는 어떤 글을 올려야 할까?

1) 오늘, 지금, 여기의 의미와 인생의 발자국

오늘 12시 40분 점심을 먹고 김형환의 10분 경영을 듣고 난 후 블로그에 올리는 중이다. 이렇게 매일 또는 일주일 단위로 블로그에 기록하면 나의 발자취를 알 수 있다. 블로그에 매일 기록하다 보니 데이터가 쌓여간다. 시간이 지나면 오늘도 과거가 된다. 나중에 블로그에 썼던 기록을 보면서 중요한 추억과 느낌을 찾을 수 있다. 3년 전 가을의 기록을 보니《미친 실패력》으로 많은 오프강의를 했던 짜릿한 경험이 생각난다. 오늘부터라도 자신의 일상을 조금씩 기록하자.

2) 비전선포와 실행하는 과정

하고 싶은 것이 있다면 바로 비전을 선포하고 그것을 이뤄가기 위해 실행하는 과정을 기록하자. 나는 최고의 작가가 되고 싶어 여전히 부족한 글을 매일 쓰고 있다. 책을 읽고 리뷰를 남긴다. 인생의 동기부여를 주고 공감되는 글을 자주 올린다. 사람들은 나의 일상과 과정에 관심 있어 한다.

지난주 방배도서관에서 부모들을 상대로 "글쓰기 과정" 강의를 해달라고 요청이 왔다. 당장 나는 "최고의 글쓰기 강사"

라는 비전을 선포하고 프로필과 강의내용을 준비하여 담당자에게 보냈다. 그러나 내부 결재에서 적합하지 않다는 결론이 내려 최종적으로 무산되었다. 아쉽지만 다음을 기약하기로 했다. 후회는 없다.

그래도 지금까지 내가 글을 쓰고 강의를 했던 그 기록을 보고 도서관에서 메일을 보냈으니 인정받은 셈이다. 내년에 다시 한 번 연락을 준다고 하니 기다려보자. 비록 성공하진 못했지만 한 발자국 더 나아간 것 같아 기쁘다.

3) 오늘 가족들과 주변인에 대한 감사

오늘 일상에서 만난 가족과 주변인에 대해 감사한 일을 긍정적으로 적어보자. 그렇게 매일 만난 사람들과의 일도 기록하면 추후 중요한 일기가 된다. 블로그에 당장 오늘 일상에 대해 몇 줄이라도 쓰자. 하고 싶은 취미나 콘텐츠가 있다면 그것을 하고 있는 나의 이야기를 쓰자. 이루고 싶은 목표가 있다면 당장 비전을 선포하고 실행하는 과정을 매일 올리자. 시간이 지날수록 기억은 순간이지만 그렇게 쌓인 당신의 기록은 영원히 남는다.

블로그 글쓰기로
책 내는 과정

　지금까지 공저 3권, 개인 저서 8권 총 11권의 책을 출간했다. 사실 공저는 한 꼭지만 참여했다. 처음 개인 저서를 출간하기는 부담스러웠고, 책 출간하는 방법도 몰랐던 시기라 어떤 한 고액 글쓰기 수업에서 많은 비용을 내고 한 꼭지만 쓰면 공저를 낼 수 있다고 해서 참가하게 되었다. 지금 생각하면 어이없는 행동이었지만, 비용만큼 대가를 치룬 것으로 좋게 생각했다. 덕분에 공저지만 처음으로 내 이름으로 된 책을 가지게 되었으니.

　그 뒤로 개인 저서를 준비했고, 글쓰기 스승님이신 이은대 작가를 만나 코칭과 동기부여를 받았다. 여기에 여러 좋은 작가 동료들의 도움이 더해져 부족하지만 여러 권의 책을 출간했다.

이 책들 중에 몇 권은 평소 매일 블로그에 썼던 글을 기초로 출간할 수 있었다. 직장을 다니며 책 원고를 쓰고 따로 SNS에 포스팅할 글까지 쓰려니 시간이 모자랐다. 욕심만 컸지 체력이 따라주질 않았다. 책 원고에만 집중하면 블로그가 방치된다. SNS 글쓰기만 하다 보면 책 원고를 쓸 시간이 없었다. 이두 가지를 한 번에 할 수 있는 방법을 연구했다. 수차례 고민 끝에 결국 찾은 방법은 아래와 같다.

1) 본문은 매일 SNS에 포스팅하는 글을 모아 이용한다.

매일 쓰는 단상, 에세이, 리뷰 등을 모아서 한 파일로 정리했다. 단상은 인생을 어떻게 하면 더 잘 살 수 있는지 등에 대한 나의 생각을 글로 표현했다. 에세이는 과거, 현재에 있었던 나의 에피소드와 그것을 통해 느꼈던 감정 등을 정리했다. 리뷰는 책, 영화, 드라마를 보고 느낀 내 생각을 글로 옮겼다. 3~6개월 동안 썼던 글을 모았더니 보통 30~50개 꼭지가 되었다.

2) 모은 본문을 토대로 책 전체의 콘셉트를 정한다.

단상을 모은 본문은 사색하며 온전하게 내 인생을 바꾸는 콘셉트로 정했다. 에세이는 지난 추억을 곱씹으며 다시 한 번 행복을 떠올리며 미소 지을 수 있는 주제로 잡았다. 책을 읽고 쓴 리뷰는 책을 읽고 느낀 소감이란 콘셉트를 만들었다. 그렇게 나온 책들이 바로《나는 아직 서툰 아재다》,《독한 소감》,《괜찮아! 힘들 땐 울어도 돼》이다.

3) 콘셉트가 정해졌다면 대목차(챕터)를 새로 짜고 거기에 맞는 본문을 다시 정리하여 재배치한다.

콘셉트가 정해졌다면 목차를 구성한다. 대목차(챕터)를 새로 구성한다. 그 챕터에 맞게 모았던 본문(블로그 글 30~50개)을 정리하여 재배치한다. 어떤 꼭지가 그 대목차와 맞지 않으면 과감하게 버린다. 또 본문의 양이 짧다고 느껴지면 새로 써서 채워 넣는다.

4) 마지막으로 프롤로그와 에필로그를 작성하고, 처음부터

끝까지 1~2회 정도 퇴고한다.

본문을 대목차에 맞게 구성이 끝나면 프롤로그(서문)와 에 필로그(마치는 글)를 작성한다. 보통 서문을 먼저 작성하는 작 가도 많지만, 나는 항상 제일 마지막에 서문과 마치는 글을 작 성하는 편이다. 본문을 다 끝내고 나서야 이 책에서 내가 무 엇을 말하고 싶은지 잘 알기 때문에 마지막에 쓴다. 분량은 상 관없다. 상황에 따라 본문보다 길게 쓰거나 짧게 써도 된다. 서문과 마치는 글까지 다 작성했다면 처음부터 끝까지 1~2 회 정도 낭독하며 글을 고쳐 쓴다. 어법에 맞지 않거나 오탈 자 등이 많이 보인다. 그것을 일차적으로 수정하는 작업이다.

5) 출간 기획서를 작성하고, 출판사에 투고한다.

이렇게 하나의 원고가 완성된다. 내 경우 1)~4) 작업은 하 루가 걸렸다. 이렇게 짧게 걸리는 이유는 바로 매일 썼던 블 로그 글이 모으다 보니 바로 본문이 되었기에 가능하다. 바로 출간 기획서를 작성한다. 어떤 타깃 층의 독자를 원하는지, 내 책이 다른 책과 어떻게 차별되는지, 홍보와 마케팅은 어떻게 하는지 뻔한 질문에 그래도 열심히 작성한다. 그리고 각 출판사 메일로 투고를 시작한다.

1)~5)의 방법이 어려운가? 자기가 좋아하는 취미나 관심사, 꾸준히 해왔던 경험(성공 또는 실패담 포함) 등을 블로그에 매일 조금씩 써보자. 그것이 모이면 책의 본문이 된다. 본문이 모였다면 전체적인 책 콘셉트를 기획하고, 새 목차에 본문 재배치 후 프롤로그와 에필로그만 쓰면 한 권의 책이 탄생된다. 역시 전제조건은 매일 10분이라도 쓰는 습관이다.

다음 브런치도 조금 다르긴 하지만 비슷한 포맷으로 조금씩 쓰다보면 출간 제의가 오기도 한다. 혹시 책을 내고 싶은데 조금 부담스러운 사람들은 그냥 매일 조금씩 글을 쓴다는 생각으로 자기 관심사에 대해 정리해보자. 그것을 콘셉트를 잡고 기획하면 멋진 책으로 재탄생된다. 블로그 글쓰기로 책을 출간하는 방법 생각보다 어렵지 않다.

나만의 책쓰기 팁

　블로그에 포스팅하는 글을 원고로 활용하면서 시간을 아끼는 중이다.

　주변을 둘러보면 나보다 더 뛰어난 작가가 훨씬 많다. 필력이나 내용 등 모든 면에서 아직 부족하다. 다만 아직 더 출간하고 싶은 주제도 많고, 어제보다 오늘 조금 더 나아진다는 생각으로 매일 쓰고 있다. 그래도 몇 번의 책을 쓴 경험이 있어서 글쓰기 강의나 저자 강연 시 아직 책을 쓰고 싶은데 모르는 사람들에게 조금씩 팁을 나눠드리고 있다. 오늘은 나만의 책쓰기 팁에 대해 몇 가지를 소개하고자 한다.

1) 매일 자신의 삶을 관찰하고 기록한다.

사람들이 책을 쓰고 싶지만 원고에 어떤 내용을 넣어야 할지 몰라서 고민하는 경우가 많다. 이것을 방지하기 위해 나는 매일 노트나 다이어리에 2~3줄씩 그 날에 내가 겪었던 경험, 만난 사람 등 일상을 간단하게 적었다. 그 경험에서 느끼고 배운 점도 한 줄 정도 같이 기록했다. 이 일상의 기록을 모으면 추후 자신이 쓰고자 하는 책 원고에 큰 도움이 된다.

사람의 기억에는 한계가 있다. 예전에 무슨 일을 했는지 까마득하게 잊어버린다. 하지만 매일 조금씩이라도 글로 남기고 모아놓으면 언제든 다시 꺼내어 그 시절에 무엇을 했는지 확인할 수 있다. 이 기록들을 활용하여 책 원고에 자신의 경험을 쓰면 된다.

2) 주제와 관련된 참고도서를 50권 정도 탐색한다.

이 세상에 나와 있는 책은 수없이 많다. 또 자신이 쓰고 싶은 주제에 대한 책도 이미 다 나와 있다. 습관, 독서, 재테크, 글쓰기 등등 모든 분야가 그렇다. 그러나 같은 분야라도 나만의 경험과 느낌이 다르기 때문에 차별화된 책을 쓸 수 있는 것이다. 처음 쓰는 사람들에게 그래도 어떻게 써야 하는지 막막하다. 나는 책을 쓰기 시작하면 도서관이나 서점에서 그 주제와 관련하여 비슷한 책을 50권 정도 옆에 쌓아 놓는다. 그것을 속독으로 읽으면서 다른 저자들은 이 주제에 대해 어떻게 접근하고 풀어냈는지 연구한다. 그리고 학습이 되면 나만의 프레임으로 원고를 쓰기 시작했다.

3) 원고(한 개 소꼭지 기준)는 경험 + 감정 + (인용) + 결론으로 구성한다.

집에 가지고 있는 자기계발서, 인문, 에세이 등을 읽으면서 한 꼭지가 어떻게 구성되어 있는지 한번 확인해보자. 거의 원고가 경험(직접경험 또는 간접경험) + 감정 + (인용) + 결론으로 되어 있다. 책 원고나 블로그에 글을 쓸 때 가장 중요한 것 중의 하나가 글의 구성 방법이다. 글을 쓰기 전에 위의 구성요소에 어떤 키워드를 넣고 쓸지 먼저 고민하자. 무작정 쓰는 것보다 훨씬 수월하다. 나는 이 구성요소를 기본으로 대부분의 원고를 작성했다.

4) 초고 작성은 2개월 내 끝내자.

초고는 쓰레기라고 많이 언급한다. 초고가 무엇인가? 말 그대로 처음 쓰는 원고다. 내가 생각하는 초고는 일단 분량을 채우는 것이 중요하다. 잘 쓰거나 못 쓰는 것은 나중 문제다. 몇 번을 강조하지만 글이 좋아지는 것은 초고를 계속 수정하고 또 수정하는 방법 밖에 없다. 초고에 대한 부담이 덜어졌는가? 목차가 정해지고 또는 블로그를 활용하여 책을 쓰기 시작했다면 일단 분량을 채우는 데 집중하면서 닥치고 끝까지 쓰자. 매일 쓰다보면 글쓰기도 흐름을 탄다. 시간을 끌면 완성하기가 더 어려우니 그 열정을 가지고 그대로 2달 안에 초고 작성을 끝내자.

5) 투박하더라도 자신의 이야기를 진실하게 쓰면 된다.

오랫동안 글을 쓰지 않았던 나도 처음에는 어떻게 해야 할지 막막했다. 여러 글쓰기나 책쓰기 책을 보고 강의를 들으면서 스킬보다 가장 중요한 것은 자신의 진심이 그대로 묻어나도록 쓰는 것이라고 배웠다. 글을 쓰다 보니 독자가 공감하고 위로받는 포인트가 저자의 진실성 이라 믿게 되었다.

잘 쓰고 못 쓰고가 중요한 게 아니다. 사람들이 착각하는 것이 무조건 잘 써야 하는 강박관념이 있다. 그것이 구성이 잘 되어 있거나 화려한 문장이 많이 써야 한다고 생각한다. 잘 쓰는 글이란 저자가 얼마나 자신의 진심을 담아 진실하게 쓴 것이냐다. 원고를 쓸 때 독자에게 사랑과 진심을 전하는 마음으로 쓰자.

위에 소개한 5가지 방법으로 책을 출간했고, 지금도 원고를 쓰고 있다. 수년간 시행착오를 겪으면서 얻어낸 내 경험담이다. 소설, 시 등 문학 장르를 제외한 에세이, 자기계발, 인문, 실용서 등 어떤 장르의 책을 쓰고 싶은데 방법을 잘 모르는 사람들에게 위의 방법이 도움이 되길 바란다. 앞서 중요한 것은 일단 한 줄부터 쓰는 것이다. 오늘도 당신의 위대한 작품이 탄생하는 그 날을 기다리며 닥치고 쓰자.

실용서 잘 쓰는 법

  자기계발서와 에세이 책을 출간한 이후 다른 장르를 쓰고 싶은 욕심이 생겼다. 어차피 평생 읽고 쓰는 삶을 살기로 결심한 터라 모든 장르의 책을 쓰고 싶었다. 시나 소설 등 문학 장르를 쓰기에는 아직 실력이 한참 모자란다.

  요새 베스트셀러 책은 자신의 경험이나 지식을 알려주거나 타인의 문제점을 해결해주는 실용서가 대세다. 재테크 등의 경제경영서, 독서나 글쓰기 등의 인문서, 자녀를 잘 키우는 방법을 알려주는 자녀교육 등 장르도 다양하다. 어떤 장르를 써볼까 하다 내가 직장에서 했던 업무와 경험을 살려보기로 했다.

  16년째 직장생활을 하면서 다수의 시행사, 시공사 및 토지

주 등의 요청으로 땅(토지)의 활용방안과 규제사항, 인허가 가능여부 등을 검토하는 일을 수행했다. 업무지식과 경험을 바탕으로 경제경영서 중 재테크 분야의 실용서를 써보기로 결심했다.

그동안 해온 자료와 검토서를 모으니 엄청난 양이었다. 그 중에 원고에 들어갈 자료를 추리고 집필에 들어갔다. 두 달 정도 집필 후 투고하고 운이 좋아 한 출판사와 바로 계약했다. 약 3개월 정도의 퇴고 과정을 거치고 책을 출간했다. 이 책이 2019년 4월에 나온 《땅 묵히지 마라》이다.

책을 집필한 기간은 2달 남짓 하지만, 준비한 기간은 훨씬 오래되었다. 오늘은 실용서를 쉽게 낼 수 있었던 나만의 방법을 공유하고자 한다. 아마 강의를 하는 강사님들께 조금은 도움이 되지 않을까 한다.

1) 쓰고자 하는 실용서 주제로 강의부터 시작한다.

《땅 묵히지 마라》 초반에 나오는 토지 기초지식은 2017년 11월에 시작한 〈토지왕초보특강〉이란 이름으로 시작한 강의에서 시작되었다. 도시계획 전공자로 땅에 대한 기초지식과 현업에서 어떻게 그것이 적용되었는지 알려주는 강의였다. 우선 내용을 추려서 PPT로 강의자료를 만들었다. 강의 공지를 올려 사람을 모았다. 1~3명이 모여도 300명이 온 것처럼 최선을 다해 그 자료로 강의했다.

2) 자신이 강의하는 목소리를 녹음하고, 다시 그것을 듣고 받아 적는다.(영상까지 녹화해도 상관없다. 영상을 보면서 듣고 내용을 기록한다.)

그 강의하는 내용을 녹화하고 녹음했다. 후기를 통해 강의자료를 수정했다. 시간 날 때 녹음한 내용을 다시 들으면서 한글에 옮겼다. 녹취록을 쓰는 형식이다. 이렇게 한글에 옮긴 내용이 바로 책의 초고가 되었다. 본인이 하고 있는 강의를 기반으로 책을 내고 싶다면 강의할 때 녹화나 녹음을 반드시 하자. 그 녹화영상이나 녹음한 음성 자료를 계속 들으면서 받아 적자. 그렇게 기록한 자료가 초고로 활용할 수 있다.

3) 그렇게 모은 녹취록 원고를 바탕으로 목차를 다시 짜서 재배치하고, 2~3차례 퇴고한다.

녹화영상이나 녹음을 듣고 쓴 원고는 당연히 문장 구성도 엉망이고, 어법도 맞지 않는다. 또 구어체 위주로 되어 있다. 목차를 다시 짜서 원고를 재배치한다. 문어체로 변경하는 작업과 함께 문장도 가다듬는 등의 퇴고 작업을 2~3차례 진행한다.

4) 프롤로그와 에필로그를 작성하고, 출간기획서와 함께 투고한다.

퇴고한 원고를 본문으로 활용하고, 프롤로그와 에필로그를 작성한다. 출간기획서와 투고문을 쓰고 출판사에 투고하면 끝이다. 실용서는 도움을 주거나 문제를 해결해 주는 것이 목적이기 때문에 다른 장르에 비해 초보 작가가 출판사와 계약할 확률이 높다.

지난 5월에 출간한《지금 힘든 당신, 책을 만나자!》에 나오는 독서법과 서평 쓰는 법도 위에서 소개한 방법을 이용했다.

지금 다시 준비하려고 하는 실용서도 같은 방법을 이용하여 준비할 예정이다. 말을 잘하고 강의에는 자신이 있는데, 그것을 글로 다시 옮겨 적는 것이 어려운 강사님들에게 위의 방법을 한번 활용하라고 권하고 싶다.

초고 쉽게 쓰는 법

누구나 책을 낼 수 있는 시대가 되었다.

6년 넘게 매일 글을 쓰고 있다. 그 결과로 공저를 포함하여 11권의 책을 출간했다. 예전에는 책 출간은 유명인이나 이름 있는 작가 아니면 등단을 통해 이루어지는 경우가 많았다. 일반인이 책을 낸다는 것은 상상도 못할 일이었다.

인터넷이 시작되면서 정보가 쏟아지고, SNS을 통해 자신이 가지고 있는 지식과 경험을 글로 써서 남에게 보이는 일이 쉬워졌다. 이에 따라 일반인도 자신만의 콘텐츠가 있으면 쉽게 책을 낼 수 있는 시대가 되었다.

1) 그래도 책쓰기는 힘들다.

요새 1인 기업이 대세다. 공기업과 공무원이 아닌 이상 사기업에서 정년까지 근무하는 일이 많지 않다. 사오정이나 오륙도라는 단어가 그냥 나오는 게 아니다. 주변을 봐도 친구나 선배가 정년을 채우지 못하고 명퇴나 해고를 당한 경우를 많이 봤다. 나는 어떻게든 정년까지 회사에서 버티고 일하고 싶지만, 어떻게 될지는 모른다. 차라리 이렇게 불안을 느끼는 것보다 자신이 좋아하는 일을 하면서 돈도 벌 수 있는 1인 기업 창업에 사람들이 관심이 많다.

1인 기업을 준비하기 위해서 책쓰기는 필수다. 자신의 콘텐츠를 글로 남겨서 사람들에게 알리는 것이 가장 홍보하는 데 빠르기 때문이다. 나를 브랜딩 하기 가장 좋은 도구가 책이다. 그래서 많은 사람들이 나도 한번 책을 내볼까 라고 도전하지만, 막상 쓰려고 하면 어렵고 힘든 게 사실이다. 일단 내용을 채우는 것이 생각보다 쉽지 않다.

2) 초고를 쉽게 쓰는 방법

5년 전 작가가 되고 싶어 책쓰기 원고를 쓰기 시작했다. 그러나 첫날 딱 2줄 쓰고 멍해졌다. 다음을 어떻게 이어나가야 할지 막막했다. 그래도 포기하지 않고 엉덩이를 붙이고 생각 나는 대로 타자를 쳤다. 책쓰기 강의 및 관련 책도 옆에 놓고 방법을 찾아나갔다. 그렇게 매일 조금씩 하다 보니 첫 책《모멘텀》원고를 2달 만에 끝낼 수 있었다. 이후 여러 권의 책 초고를 쓰면서 쉽게 쓰는 나만의 방법을 터득했다. 그 방법은 아래와 같다.

❶ 경험-감정-인용-결론의 구성 방식을 사용하자.

보통 자기계발서나 에세이, 실용서 등을 막론하고 시중에 나와 있는 원고의 한 꼭지를 보면 거의 경험-감정-인용-결론 의 순으로 구성되어 있다. 꼭지 주제에 맞게 서론에는 저자의 에피소드나 경험이 나온다. 그 경험에 따른 저자의 생각과 감정이 그 다음에 자리한다. 이후 그 생각과 감정을 통해 얻은 가치와 의미를 결론에 배치하는 것이 일반적이다. 중간중간에 다른 책이나 자료에서 가져온 인용문이 들어가기도 한다. 이 구성 방식을 먼저 생각하면 초고 쓰기가 쉬워진다.

❷ 참고도서를 비교하고, 나만의 스토리를 첨가하여 바꾸어보자.

자신이 쓰고자 하는 주제와 비슷한 유사도서나 참고도서를 살펴보자. 읽을 때는 저자가 어떻게 원고를 썼고, 구성이 어떻게 되어 있는지, 문장은 어떻게 썼는지, 인용문은 무엇으로 가져 왔는지 등등을 파악해보자. 가장 비슷한 원고를 발견했다면 그것을 모티브로 삼아 자신의 이야기로 바꾸어 써보자. 맨 땅에 헤딩하는 것보다 있는 원고를 활용하여 내 이야기를 첨가하는 것이기 때문에 초고 쓰기가 쉽다.

❸ 결론 부분은 독자에게 동기부여하고, 도움이 될 수 있는 문구로 끝내자.

❶의 구성 방식으로 쭉 써 내려 가다가도 결론 부분에서 막힐 수 있다. 첫 문장을 임팩트 있게 시작해도 좋지만, 마무리도 중요하다. 자기계발서 원고를 쓰고 있다면 독자에게 동기부여 할 수 있는 문구나 명언으로 마무리하자. 에세이 원고를 쓰고 있다면 여운을 남기거나 도움을 주는 문구나 구절로 마무리해도 좋다. "~어떨까?, ~같이 해봅시다!"등등으로 깔끔하게 마무리하자.

나는 위에 소개한 3가지 방법으로 초고를 썼고, 쓰고 있는 중이다. 일단 글의 구성 방식을 먼저 생각하고 거기에 무엇을 쓸지 키워드로 먼저 정리하고 살을 붙여나가면 초고 쓰기가 수월해진다. 그리고 자신이 쓰고자 하는 주제의 책은 이미 시중에 많이 있다. 그런 책을 참고하여 어떻게 썼는지 조사하고 파악하자. 일단 초고를 써야 책이 나올 수 있다. 다른 방법도 소개하겠지만, 일단 위의 3가지 방법을 이용하여 한번 써보는 것은 어떨까?

책 출간까지
어떤 과정을 거쳐야 할까?

1) 책 쓰기로 마음먹었다면

블로그나 브런치에 한 가지 큰 주제를 정해서 매일 하나씩 그와 관련된 소주제의 글을 일단 써보자. 시간이 지나면 글쓰기가 조금 익숙해진다. 한두 달 지나서 그동안 매일 썼던 소주제의 글을 모아서 책의 원고로 활용하면 책을 한 번 써보자는 결심도 할 수 있게 된다. 블로그 글쓰기로 책 내는 방법으로 제시했던 방법이기도 하다. 이 글을 모아 본문 원고로 활용하고, 프롤로그와 에필로그를 완성하면 한 권의 책이 된다. 아니면 원래대로 목차를 짜서 하나씩 원고를 써내려 가도 된다.

어떤 방식으로든 초고를 쓰는 방법은 많다.

2) 책쓰기 과정은

❶ 초고를 쓰기 전 우선 타깃 층과 콘셉트를 정하는 게 먼저다.

내가 쓰고자 하는 주제를 어떤 콘셉트로 진행하고, 어떤 독자층에게 전달할지 고민해야 한다. 이 두 개가 제대로 결정되어야 쉽게 출판사와 계약할 수 있다. 또는 계약 이후 출간하고 나서 판매량과도 직결되기 때문에 중요하다.

❷ 타깃층과 콘셉트가 정해졌다면 그 다음 작업이 대목차와 소꼭지를 이루는 목차를 짜는 것이다.

목차는 보통 대챕터로 5~6장, 소꼭지는 35~42개 정도로 구성하는 것이 일반적이다. 보통 1~2장은 책을 쓰게 된 동기나 목적, 독자에게 왜 이 책이 필요하고 어떤 기초적인 정의나 도움을 줄 수 있는지 배치한다. 3~4 장에는 실제로 주제와 관련된 나의 경험과 노하우, 실제로 적용할 수 있는 방법을 적용한다. 마지막 5~6 장에서 다시 한 번 주제에 대한 정리와 그것을 통해 변화를 주는 결과, 예시 등을 기초로 목차의 제목을 정하면 된다.

❸ 대목차와 소꼭지를 정하고 나서 초고를 쓴다.

초고는 쓰레기라고 언급했다. 한 번에 잘 쓰려는 생각은 버리고 생각나는 대로 자유롭게 끝까지 쓰자. 몇 줄 쓰다가 지우지 말자. 그래도 어렵다면 자신의 경험 – 거기에서 느낀 감정 – (다른 책 등에서 인용) – 감정을 통해 생각난 가치와 의미 부여로 결론 순으로 써본다. 이렇게 일주일에 2~3개 소꼭지 완성을 목표로 3개월 내로 초고를 완성하자. 글쓰기도 쓰다가 멈추면 더 힘들기 때문에 한 번 리듬을 타면 그것을 최대한 유지하면서 멈추지 않는 것이 중요하다.

❹ 프롤로그(서문)와 에필로그(마치는 글)까지 완성하면 초고가 완성이 된다.

초고는 계약을 위한 원고라고 생각하고, 너무 완벽을 기하지 말자. 일단 양을 채우는 것이 중요하다는 것을 잊지 말자. 완성된 초고는 7~10일 후에 열고 다시 소리내어 읽으면서

1~2회 정도 퇴고하자.

❺ 그렇게 완성된 초고를 이제 출판사에 보내는 순서다.

흔히 투고한다고 하는데, 이 때 필요한 것이 출간기획서와 투고문이다. 잘 쓴 출간기획서는 이력서처럼 중요하다. 출판사에서 이 출간기획서를 보고 그 책의 콘셉트, 주요 타깃층, 홍보 및 마케팅 방안, 저자의 이력 등을 판단 후 계약 여부를 결정한다. 출간기획서 양식은 한글 양식으로 일반적으로 사용하나, 좀 더 차별화하기 위해 다양한 툴로 작성하기도 한다. 이렇게 작성한 출간기획서와 원고를 출판사에 이메일이나 각 사이트에 보내자. 이것이 투고이다.

우리나라에 몇 천 개의 출판사가 있다고 전해진다. 모든 장르를 출판하는 대형 출판사도 있다. 특정 장르만을 출간하는 중소형 출판사도 있다. 혼자서 운영하는 1인 출판사도 늘어나고 있다. 계약 형태는 기획 출판, 자비 출판, 반기획 출판 등으로 나눌 수 있다. 보통 저자가 하고 싶은 계약은 기획 출판이다.

출판사에서 보낸 원고를 검토하고 괜찮으면 작가에게 출간

제의를 한다. 계약금을 받거나 받지 않더라도 작가가 돈이 들지 않는 기획출판이 가장 좋다. 반기획 출판도 책을 처음 내는 초보 작가에게 적합하다. 인쇄비를 저자가 부담하고 책 제작과 유통, 마케팅을 출판사에서 투자하여 진행하는 방식이다. 자비출판은 저자가 100% 부담하여 인쇄하여 출간하는 방법이고, 자신의 책을 소수의 사람에게 나눠 주기 위한 목적이크다. 일단 투고 후 기획출판으로 계약을 유도하고, 어렵다면반기획 출판으로 진행하는 것도 하나의 방법이다. 인세는 보통 초보작가는 책값의 5~10% 내외를 받는다고 보면 된다.

❻ 계약하고 나면 출판사 편집자와 함께 출간 전까지 다시 초고를 수정한다.

보통 3~4차례 퇴고를 거친다. 글을 고치면 고칠수록 좋아지기 때문에 독자들이 보기에 잘 읽힐 때까지 퇴고 작업을 진행한다. 이 퇴고 작업도 반복하다 보면 신물이 날 수 있다. 나도 5회 이상 글을 고쳐본 적은 없다. 이렇게 퇴고 작업을 마무리하고 출판사에 마지막으로 넘기면 출간 준비에 들어간다. 3~4개 표지 디자인과 제목을 마지막으로 결정하면 끝이다.

책이 인쇄에 들어가면 온라인 서점에 먼저 등록이 된다. 예약 구매로 주요 타깃층을 독려하여 구매율을 처음에 올리는 것이 관건이다. 그 결과에 따라 베스트셀러가 되느냐 못되느냐 차이가 나기 때문이다.

3) 책을 쓴다는 것은

이렇게 한 권의 책이 탄생하기까지 수많은 과정을 거치게 된다. 다시 요약하면 콘셉트와 타깃층을 정하기 → 목차 정하기 → 초고 쓰기 → 출판사 투고 → 계약 후 퇴고 → 출간까지의 여정이다. 보통 이 기간이 빠르면 반년에서 늦으면 1년 이상 걸린다. 그만큼 장기간 소요되는 작업이다 보니 지치기도 한다. 책을 쓴다는 것은 참 대단한 일이다.

아이를 직접 낳아보지 않았지만 10개월 동안 아이를 품고 버티면서 힘들지만 결국 출산까지 하는 그 산고의 고통에 비유한다. 단계마다 고비가 있지만 포기하지 않고 어떻게든 버티다 보면 반드시 결실을 맺을 수 있다. 매일 조금씩 쓰다보면 반드시 서점에 깔린 내 책과 조우하는 날은 반드시 온다.

나는 매일 쓰는
작가입니다

책을 쓰면 인생이 달라지나요?

1) 책을 쓰면 타는 차가 바뀐다구요?

가히 책쓰기 열풍이다. 공무원, 공기업을 제외한 사기업은 정년까지 보장되지 않는다. 사오정이나 오륙도라는 말이 예전부터 유행했다. 마흔이 넘고 나서 언제까지 다닐 수 있을지 늘 고민이다. 아직 일을 할 수 있음에 감사하면서도 혹시 모를 미래에 대비하기 위한 준비를 하고 있다.

지금보다 더 어려웠던 6년 전 2015년 봄이다. 다니던 작은 시행사에서 월급이 밀린 지 벌써 3월째다. 사회생활 하면서 임금체불 경험만 3번째였다. 앞서 경험에서 배운 게 있다 보니 한 달 만 밀려도 새로운 직장을 구하기로 결심했다. 당장 또 돈을 벌어야 하니 구직을 하면서도 계속 직장 월급 하나만 바라보면 안 되겠다는 생각이 들었다.

앞으로 제2의 직업을 무엇으로 찾아야 할지 장기적으로 고민하기 시작했다. 모은 종잣돈도 없어 부동산 투자는 언감생심이다. 생존독서를 하던 중이다 보니 자연스레 책쓰기에 관심이 갔다. 힘든 시기를 잘 지났다고 생각했지만, 경제적인 어려움은 여전했다. 자산을 늘려가는 방법에 책을 내면 인세를 받을 수 있다고 해서 모 아니면 도라는 생각으로 당장 실행에 옮기기로 결심했다.

그런데 어떻게 책을 쓸지 방법을 몰라 검색했더니 그 당시 책쓰기 수업을 하는 카페를 발견했다. 들어보고 싶어 들어갔는데 생각보다 고액이라 놀랐다. 그래도 한번 배우고 싶은 마음에 일일특강에 갔다. 생각보다 많은 사람들이 모여 있었다. 수업 시작 전 참석한 사람들에게 물어보니 다들 자기 이름으로 된 책을 내고 싶어 왔다고 했다. 그들의 눈빛을 보니 말하지 않아도 나처럼 인생역전을 바라고 온 것처럼 보였다. 특강이 시작되었다. 처음부터 끝까지 한결같은 메시지다.

"성공해서 책을 내는 것이 아니라 책을 내면 인생이 바뀝

니다."

뭔가에 사로잡혀 있었는지 강의를 듣는 내내 들떠 있었다. 책만 쓰면 바로 성공하는 착각이 들었다. 아마도 강의를 잘한 다기보다 지금 문제가 있는 고객에게 지금 필요한 해결책을 쏙쏙 주는 느낌이라 뭔가에 계속 홀린 기분이다.

결국 공저 프로젝트에 참가했다. 한 꼭지 쓰는데 무려 100만 원이 넘는 돈을 주고. 그 공저만 내도 벤츠를 사서 인생이 달라질 수 있다고 했다.

들뜬 마음에 원고를 쓰고 3달 뒤 공저가 나왔다. 개인 저서가 아니어도 내 이름으로 된 책이 서점에 깔려 있는 것을 보니 신기했다. 거기까지였다. 얼마나 팔렸는지도 모른다. 정확히 일주일도 되지 않아 교보문고 구석에 있는 서가에 한 권 꽂힌 것을 본 게 마지막이었다. 벤츠를 샀다고. 인세 자체도 받지 못했다.

2) 그래도 책을 쓰면 좋은 이유

정말 인생의 변화와 성공을 위해 책을 쓰기 시작했다. 공저 이후 그래도 개인 저서는 내봐야 되지 않겠냐는 생각이 들었다. 다시 글을 쓰기 시작했다. 관련 책과 강의를 들으면서 목차를 잡고 매일 무조건 A4 2장은 채워야겠다는 일념으로 글을 썼다.

글을 쓰면서 나에 대해 더 잘 알게 되었다. 아니 내 삶을 돌아볼 수 있었다. 왜 그렇게 사회에 불만이 많았는지. 잘된 타인과 왜 그렇게 비교하면서 나 자신을 못 살게 굴었는지. 조금만 힘들면 참지 못하고 피하려고만 했는지. 매일 밤 원고가 내 눈물로 마를 틈이 없었다. 실패를 통해 극복한 방법과 경험을 독자들에게 알려주고 싶었다. 내 글을 통해 한 사람이라도 도움이 된다면 바랄 것이 없다고 생각했다.

책을 쓴다는 것은 저자가 자신의 인생을 쓰는 것이다. 각자 살아온 삶이 다르다. 또 그 삶에서 저자만의 차별화된 노하우를 볼 수 있다. 그 노하우가 콘텐츠다. 책을 쓰면서 흩어졌던 콘텐츠를 정리할 수 있다. 더 나아가 인생의 흩어진 조각을 글을 쓰면서 맞추어 나간다. 그렇게 삶을 기록하고 완성된 퍼즐이 책이다. 그래서 책을 쓴 저자들이 한결같이 원고가 완성되거나 출간할 때 좀 더 성장한 느낌이 든다고 한다. 나도 5년 전보다 조금 인생을 알게 되고 성장했다는 느낌이 든다.

이 세상을 떠나기 전에 자신의 이름으로 된 책을 써보자. 자신이 살아온 삶을 기록하고 거기에서 나온 경험과 지식들이 누군가에게 도움이 되거나 위로가 된다. 기록된 책은 영원히 남는다. 책을 쓰면 좋은 것은 물론 잘되면 부자가 될 수 있지만, 그것보다 내 인생을 제대로 볼 수 있다는 점이다.

꾸준히 글쓰기 위한 나만의 전략

바쁜 일이 있더라도 하루에 한 줄이라도 글을 쓰려고 노력한다. 보통 자기 전에 많이 쓴다. 새벽에 일찍 일어날 때는 이른 출장이나 조찬 모임 등이 있는 경우가 아니면 드물다. 이렇게 매일 쓰는 이유는 힘든 일을 잊을 수 있고, 혼란스런 마음이 편해진다는 장점 때문이다. 또 글을 쓸 때 가장 즐겁고, 이젠 하지 않으면 좀이 쑤실 정도다. 오늘은 꾸준히 글을 쓰기 위한 나만의 전략을 한번 소개한다.

1) 글쓰기를 하나의 의식처럼 생각한다.

자기 전에 하루를 돌아보면서 기도나 명상을 하는 것처럼 나는 글쓰기를 하나의 의식처럼 생각하기로 했다. 꼭 노트북을 켜고 쓰지 않더라도 다이어리나 노트에 2~3줄 정도 오늘 있었던 일, 거기에서 느꼈던 나의 단상 등을 적어본다. 그것을 좀 길게 쓴다면 SNS에 쓴다. 습관을 넘어 나에게 의식과 같은 행위가 되었다.

2) 글쓰는 방법을 다르게 한다.

계속 쓰다보면 자신만의 특별한 글쓰기 형식이 생긴다. 개인적인 소견으로 단상이나 감성적인 글을 쓰는 데 자신이 있다. 계속 같은 형식으로 쓰다 보면 읽는 독자나 쓰는 작가 입장에서 질릴 수 있다. 가끔 같은 주제를 다른 형식으로 쓰는 연습을 해본다.

3) 하루에 얼마 분량을 쓸지 미리 정한다.

책 출간을 위한 원고 또는 SNS에 올린 글을 쓰기 전에 하루 분량을 미리 정한다. 나는 하루에 한글 프로그램 기준으로

A4 한 장 분량(글자크기 10, 자간 160%)은 꼭 쓰자고 정했다. 회사에 급한 출장이나 회식, 예기치 않는 집안일 등을 제외하고 이 원칙은 지키려고 노력하고 있다.

4) 안 써지더라도 일단 앉아서 한 줄이라도 규칙적으로 써 본다.

글이 정말 써지지 않는 날도 많다. 이런 날은 한 줄 쓰기도 힘들다. 그래도 어떻게든 앉아서 무슨 글이라도 써본다. 한두 줄 쓰다 보면 말도 안 되는 내용이 나올 때도 있다. 규칙적으로 써보는 습관을 기르기 위한 나만의 강제성을 부여했다.

위 4가지 전략으로 매일 조금씩 썼다. 쓰다 보니 꾸준하게 조금씩 습관으로 이어졌다. 무라카미 하루키도 매일 원고지 20매 정도를 쓴다고 한다. 쓰면 쓸수록 어렵고 여전히 많이 부족한 글이다. 나도 매일 쓰다 보면 언젠가는 하루키처럼 될 수 있다는 자신감을 가져본다.

매일 쓰는 사람이 진짜 작가입니다

1) 작가 코스프레 하지 마라.

6년 넘게 글을 쓰면서 새로운 사람을 많이 만났다. 도시계획 엔지니어로 일하면서 같은 계통에 있는 사람들만 만났다. 글쓰는 모임에서 다양한 분야의 사람들을 만나 보니 신기했다. 정말 세상에는 각기 다른 분야에서 열심히 살고 있는 사람이 많다는 것을 실감했다. 지금까지 우물 안의 개구리로 살면서 인생이 풀리지 않아 걱정하고 한탄했던 그 시간이 너무 아까웠다.

아무래도 서로 책을 출간하고 교류하다 보니 이름보다 서로 "작가님"이라는 호칭을 사용했다. 책을 쓰고 출간한 사람이 보통 고유명사로 "작가"로 불린다. 2017년 5월 두 번째 책 《미친 실패력》을 출간하고 저자 강의를 하면서 많은 "작가"를 만났다. 이미 어떤 작가는 몇 권의 책을 출간했다. 이제 막 초고를 쓰기 시작한 사람도 있다. 다들 책을 읽고 글을 쓰는 공통점이 있다 보니 금방 친해졌다.

그러나 서로의 이해관계와 감정에 따라 부서지는 쉬운 관계가 많았다. 자기 브랜딩을 위해 책을 쓰고 활동하는 시대다. 학위보다 책 한 권이 유명세를 더 탈 수 있는 시대이다 보니 많은 사람이 책을 쓴다. 본인이 현재 하고 있는 일로 먼저 콘셉트를 잡는다. 성공을 위해 미친 듯이 글을 쓴다. 출간하고 몇 번의 강의를 다니면서 책을 팔러 다닌다. 그리고 몇 년간 글을 쓰지 않는다. 이런 사람을 수없이 봤다. 작가라고 소개하는데 왜 내 눈에는 "작가 코스프레"라는 것처럼 보이는 것일까?

반년째 《닥치고 글쓰기》라는 프로젝트를 진행 중이다. 30일 동안 매일 글쓰기 팁과 주제를 같이 하는 모임 회원들에게 제공한다. 그들은 받는 주제로 각자의 스타일로 자유롭게 글을 쓴다. 글을 어떻게 쓰는지 모르는 사람들에게 매일 쓰는 즐거움을 느끼고 습관을 장착하기 위해 시작하게 되었다.

글을 원래 잘 썼는데 쓰지 않다보니 무뎌진 회원, 글 자체를 써본 적이 없는 초보회원 등등 서로 다르지만 매일 잘 쓰고 있다. 글을 쓰다 보니 잊힌 자신의 기억을 떠올리면서 자신을 돌아보니 위로나 치유를 받는다고 좋아한다.

나는 그들에게 강의나 톡에서 이야기한다. "책을 내는 사람이 작가가 아니고, 매일 글을 쓰는 사람이 진짜 작가라고." 책 한 권 내고 나서 다시는 글을 쓰지 않는 사람이 있는 반면에 책을 내지 않아도 매일 블로그 등에 자신의 생각을 정리하여 글을 쓰는 사람이 더 많다는 것을 깨달았기 때문이다. 작가의 의미가 무엇인가? 글을 쓰는 사람이다. 책 한 권 내고 글을 쓰지 않는 사람은 그냥 작가 흉내를 낼 뿐이다.

오늘부터 당당하게 자신을 "작가"라고 소개하자. 매일 조금씩 노트에 끄적이거나 노트북을 켜고 어떤 글이라도 써보자. 그 글이 모여 언젠가는 세상을 깜짝 놀라게 할 위대한 작품이 될 거니까.

글이 주는 위로

어느 금요일 밤 TV를 켰다. 개인적으로 좋아했던 프로그램을 오랜만에 보게 되었다. 사람들의 다양한 이야기를 다룬 〈궁금한 이야기 Y〉이다. 세 편의 에피소드가 소개되었는데, 첫 번째 냄새나는 여자의 양말만 찾는 대학교 교직원을 보고 경악했다. 이후 보험사기단으로 전락한 가족의 이야기를 보고 측은한 마음이 들었다. 그리고 마지막 에피소드를 보고 훈훈함을 느꼈다.

마지막에 소개된 이야기는 한 택시기사가 승차한 손님들에게 한 권의 노트를 건네주면서부터 시작한다. 갑작스런 노트에 승객들은 놀라지만 이내 기사의 설명을 듣고 환하게 웃으며 노트를 펼치고 글을 쓰기 시작한다. 1년 전 사업 실패 후 택시 일을 시작한 기사는 적응하기 쉽지 않았다고 한다. 특히 사람들과 상대하면서 극심한 스트레스를 받아 손님들과의 원활한 소통을 원했다. 또 손님들도 목적지까지 가는 동안 뭔가 생각할 기회를 주고 싶어 '길 위에서 쓴 편지'라는 제목의 노트를 건네주기 시작했다.

손님들은 목적지까지 가면서 자신의 고민이나 일상 이야기를 기록했다. 또 이전의 승객들이 쓴 글을 읽으면서 위로를 받으며 울고 웃기도 했다. 그 모습을 본 택시기사는 자신의 인생 이야기를 하며 승객들에게 조언과 응원을 보냈다. 자신의 목적지에 도착하여 내리는 승객들의 표정이 하나같이 밝다.

특히 회사를 더 다녀야 할지 사업을 해야 할지 고민을 하던 한 남자 승객의 이야기가 감동적이었다. 술에 취해 늦은 밤 이 택시를 타고 집에 돌아가던 중 기사가 건네준 노트에 자신의 솔직한 감정을 적었다. 어떻게 해야 할지 모르겠다는 그의 글에 기사는 아직 젊으니 한번 더 도전해보라고 조언했다. 남자 승객은 기사의 조언과 그 노트에 담긴 다른 사람들의 글을 읽고 인생의 방향을 결정할 수 있다고 고백한다. 이후 그는 식당을 차렸고 지금까지 잘 경영하고 있다고 했다.

이 프로그램을 보고 나는 두 가지에 주목했다.

❶ 글쓰기가 주는 위로의 힘에 공감했다.

❷ 언택트 시대로 옮겨가면서 관계가 비대면이 많아지고 있지
만, 그래도 직접 사람과의 소통과 공감은 직접 대면하는 것
이 중요하다.

글을 쓰려면 일단 생각을 해야 한다. 노트를 받은 승객들
도 먼저 무엇을 써야할지 고민한다. 짧은 시간에 금방 쓰기 위
한 글은 현재 자신이 처한 고민이나 일상에 대한 것이다. 이
런 글은 누구나 공감할 수 있다. 노트에 한두 개씩 모인 많은
글을 읽고 또 자신의 글을 쓰면서 승객들은 위로받고 자신을
치유했을 것이다.

코로나 19로 인해 대면보단 비대면 관계가 늘어나고 있다.
대면관계에서 오는 피로감도 많아 문자 메시지나 이메일로 소
통하는 사람이 많다. 그러나 사람과의 진정한 소통과 공감을
얻기 위해서는 최소한 대면관계는 유지해야 한다. 기사와 승

객의 노트를 통해 직접 대면하여 소통하고 공감하는 장면을 보면서 뭉클했다.

점점 삭막하고 외로운 사회가 되고 있다. 소통과 공감이 부족하여 조금만 건드려도 폭발하고, 힘들어도 혼자 삭히며 누구에게도 말을 못하는 사람들이 많아지고 있다. 이 택시기사의 '길 위에서 쓰는 편지'와 같은 따뜻한 글이나 말 한마디가 그런 사람들에게 한 줄기의 빛이 되었으면 좋겠다. 글이 주는 위로가 사랑이 되어 이 세상이 더 따스해지길 바라본다.

"당신이 쓴 글 하나가 다른 사람을 위로해주고 인생을 바꿀 수 있다."

기억은 순간이지만
기록은 영원히 남는다

1) 아주 오래 전에

어느 날 성유미 대표님의 깨비드림 〈블로그 글쓰기로 책 내는 법〉 꼬마특강을 잘 끝냈다. 언제나 그렇듯이 내 열정을 담아 최선을 다해 강의한다. 혼신의 힘을 다했기에 끝나면 후회는 없다. 잠깐 숨을 돌리고 나서 올해 8살이 된 둘째아들 이안이를 불렀다. 말을 참 듣지 않는 개구쟁이로 비디오 게임을 좋아한다. 노트북에 깔린 예전 16비트 게임기 수퍼패미콤에 뮬레이터를 실행했다. 〈마리오 카트〉를 켜주고 아이에게 키보드를 넘겼다. 마리오 캐릭터를 골라 신나게 플레이하는 그의 모습을 지켜보았다.

누군가의 모습과 너무 닮아 있다. 30년 전의 내가 보인다. 아버지에게 게임기를 사달라고 졸랐다. 시험에서 1등하면 사준다고 했다. 시험을 보고 보란 듯이 반에서 1등을 했다. 아버지와 같이 용산역 전자상가에 갔다. 그 시절 비디오 게임의 메카였다.

신상 게임이나 오래된 게임 무엇이든 있었다. 게임기와 게임롬팩을 사서 집으로 온 첫날 너무나 기뻐 잠을 이룰 수가 없었다. 어머니의 배려로 내 방에 오래된 텔레비전이 놓였다. 이젠 나만의 게임 전용 모니터가 된 것이다. 고등학교 졸업할 때까지 시간이 날 때마다 이 텔레비전으로 게임했던 기억이 난다. 결국 수명이 다되어 사라졌다. 그게 언제인지 희미하다.

2) 기억은 순간이지만, 기록은 영원히 남는다.

사실 그때 기억은 머릿속에서 흐릿하다. 위에 언제 아버지가 게임기를 사주고 했는지 잘 떠오르지 않는다. 그런데 우연히 결혼하고 나서 본가에 있던 내 짐을 정리하다가 오래된 일기장을 발견했다.

초등학교 5학년 12살 시절의 이야기다. 신기해서 다시 펼쳐보았다. 하나씩 읽어보았다. 그 며칠의 일기를 합친 것이 바로 위에 언급했던 게임 이야기다. 그 기록을 보고 나서야 내가 언제 게임을 시작했는지 알 수 있었다.

이렇듯 인생을 살면서 지금의 이 순간을 영원히 기억하는 것은 어렵다. 내일이 되면 오늘 지금 이 순간은 과거가 된다. 기억은 순간이다. 지나면 먼지처럼 사라진다. 정말 큰 사건이나 이벤트가 아니라면 쉽게 떠오르지 않는다. 그 찰나를 영원히 잡기 위해서는 역시 기록밖에 없다.

현재 내가 하고 있는 업무를 체계적으로 정리하면 지식으로 만들 수 있다. 그 지식으로 실제로 경험했던 과정을 통해 실패했거나 성공한 사례를 기록하면 그 문제에 대해 관심이 있거나 불편한 사람들에게 해결책을 제공할 수 있다.

지금 나의 현재 아름다운 일상과 떠오르는 생각을 쓰자. 내가 하고 있는 업무, 오늘 만났던 사람, 그와 나누었던 이야기, 먹었던 음식, 그 사람에 대한 느낌, 그 일상에서 느낀 나의 단상 등을 기록하자. 매일 조금씩 이런 일상을 쓰다보면 시간이 흐른 후 내가 그 순간을 무엇으로 채웠는지 생생하게 떠올릴 수 있다. 타인의 시선을 신경 쓰지 말고 생각나는 대로 자유롭게 나만의 언어와 감정으로 표현하자. 매 순간순간을 쓰다보면 그 기록은 영원히 남는다.

글쓰기는 어떻게 삶의 무기가 되는가?

1) 스콧 니어링의 삶의 철학

헬렌 니어링의 《아름다운 삶 사랑 그리고 마무리》 책을 보면 남편 스콧 니어링이 가진 삶의 철학에 대해 소개하고 있다.

"스콧이 100살이 되기 한 달 전 식탁에서 사람들에게 이렇게 이야기했다. 더 이상 먹지 않겠다고. 신중하게 자기가 떠날 시간과 방법을 정했고, 의식이 있는 가운데 자연으로 돌아가겠다고 했다. 그리고 그만의 방식으로 1983년 8월 품위와 존엄이 있는 방식의 죽음을 맞았다. 평생 남편은 아래와 같은 삶의 철학으로 품위를 지키면서 100살을 살다가 자연으로 돌아갔다.

'간소하고 질서 있는 생활을 세울 것, 일관성을 유지할 것,
꼭 필요하지 않는 일을 멀리 할 것, 되도록 마음이 흐트러
지지 않도록 할 것, 글을 쓰고 강연하며 가르칠 것, 계속해
서 배우고 익혀 점차 통일되고 원만하며, 균형 잡힌 인격
체를 완성할 것"

스콧 니어링은 사실 경제학자였으나, 반자본주의, 반전 운
동으로 대학에서 해고되었다. 아내 헬렌과 도시를 떠나 자연
과 더불어 자급자족하는 삶을 살았다. 자연과의 조화를 이루
며 자신의 인생철학으로 행복한 삶이 무엇인지 몸소 실천했다.
    그의 인생철학 중에 마지막 두 개 문구에 눈이 갔다. 글을
쓰고 강연하며 가르칠 것과 계속해서 배우고 익혀 균형 잡힌
인격체를 완성하기. 불완전한 내가 읽고 쓰는 삶을 통해 인
생을 채워나가는 것처럼 스콧 니어링도 자신의 인격과 품위
를 완성하기 위해 글을 쓰고 강연을 먼저 했다는 것이 인상
적이었다.

2) 글쓰기는 어떻게 삶의 철학이 되는가?

늘 삐딱하게 세상을 바라보았다. 남이 잘되면 배가 아프고 질투가 났다. 나도 열심히 사는데 왜 이렇게 되는 일이 없을까 불평과 투정만 부렸다. 알량한 자존심만 있어서 남의 충고도 잘 듣지 않았다. 세상에 대한 분노만 남았다. 잦은 스트레스를 풀기 위해 술만 마셨다. 오늘만 사는 것처럼 끝까지 마시다 취해 쓰러져 자거나 실수하는 일도 많았다. 그렇게 살다가 결국 나락으로 떨어졌다.

인생의 끝자락에서 독서와 글쓰기를 만났다. 책을 읽고 내 삶의 변화를 위해 무엇이든 실천하고 적용했다. 그 과정과 결과를 기록으로 남기기 시작했다. 나처럼 힘든 사람을 위해 더 글이 쓰고 싶었다. 글을 쓰면서 내 인생의 문제는 결국 나에게 원인이 있다는 사실을 알게 되었다. 바닥까지 내려갔던 인생의 결과는 결국 내가 선택했던 일상의 합이었다.

매일 글을 쓰면서 나의 혼란스러운 마음과 서툰 감정을 다스렸다. 감정과 마음을 비우고 내 자신을 객관적으로 볼 수 있었다. 치유가 되고 위로를 받았다. 나 자신을 바꾸는 무기와 철학이 되었다. 많은 사람들에게 글쓰기의 위대함을 알려

주고 싶었다.

글쓰기는 지금까지 살아온 나의 발자취를 다시 해석하는 작업이다. 평생 지울 수 없는 나쁜 기억도 글을 쓰다보면 잠시나마 잊을 수 있다. 생각나지도 않는 저편의 추억들이 글을 통해 다시 한 번 생생하게 살아나는 경험을 한다. 지치고 힘든 순간 글쓰기는 자신을 다시 살게 하는 삶의 철학과 무기가 될 수 있다.

《날마다 글쓰기》란 책에서도 "글쓰기는 인생의 위기를 다스리는 매개체 역할뿐만 아니라, 자신의 인생을 늘 새롭게 구상할 수 있는 능력을 키워주는 역할도 한다."라고 나와 있다. 결국 글쓰기를 통해 인생의 돌파구를 찾고, 다시 시작할 수 있는 기회가 생기는 것이다.

특히 지금처럼 코로나19로 지치고 힘든 사람들이 글을 쓰면서 다시 행복을 찾았으면 좋겠다. 먹고 사는 생존의 문제가 먼저다 보니 여유가 없지만, 이럴 때 한 줄이라도 쓰면서 자신의 인생철학이 무엇인지 떠올려 봤으면 하는 바람이다.

잘 쓰는 글은 없다, 내 글을 쓰면 된다

1) 왜 남의 글이 더 좋아 보일까?

닥치고 글쓰기 과정을 운영하면서 가장 많이 듣는 질문이나 댓글은 다음과 같다.

"남이 쓴 글보다 내 글을 보면 초라해요."

"작가님 글을 보고 글을 쓰려고 하니 자신이 없어요."

"같이 쓰는 분들이 너무 잘 쓰셔서 쓰려고 했다가 못 쓰게 되었어요."

글을 쓰고 싶지만 위에 언급한 이유로 계속하기가 힘들다고 한다. 글쓰기뿐만 아니라 무엇을 하든 남이 하면 그 떡이 더 크게 보이는 법이다. 나조차도 다른 저자나 블로그 이웃의 글을 볼 때마다 감탄한다. 왜 저렇게 쓰지 못할까 자괴감에 빠지기도 한다. 이렇게 사람들은 자기중심적으로 생각에 빠진다. 나만 왜 이렇게 글을 힘들게 쓰는지.

사람들은 글을 완성하기까지 그 힘든 과정을 모두 알고 있지만 남들이 완성한 글에만 관심을 둔다. 그가 얼마나 힘들게 썼는지 그 과정에 대해서는 알고 싶어 하지 않는다. 눈에 보이는 결과로만 판단하다 보니 비교가 되고 내가 쓴 글은 초라하고 보잘것없어 보인다. 결국 이것이 반복되면 글을 더 이상 쓰기가 어려워진다.

2) 남에게 내 글을 보여주는 것이 부끄럽다.

또 반대로 이런 질문도 많이 받는다.

"내가 쓴 글을 다른 분들에게 보여주기가 부끄러워요! 어떻게 해야 할까요? 그만 써야 할까요?"

나는 이런 질문에 다음과 같이 대답한다. 글을 쓰기 위해서는 다른 사람들의 시선과 말로부터 자유로워져야 한다고. 다른 분들에게 보여주기 부끄러운 글이라면 그냥 일기장에 쓰면 된다. 남들 시선 쓰지 말고 자신 있게 나만의 글을 쓰면 된다.

인터넷 발달로 누구나 자신을 알릴 수 있다. SNS 글을 포스팅하고 책을 출간하면 누구나 볼 수 있는 시대가 되었다. 내 글을 누군가는 싫어하겠지만 다른 또 누군가는 내 글을 통해 공감과 희망을 얻을 수 있다.

나도《모멘텀》과《미친 실패력》원고를 쓰면서 남들에게 보여주기 부끄러운 과거사를 많이 언급했다. 그 책을 읽고 어머니와 아내에게 한 소리 들었다. 다들 니가 잘 사는 줄 아는데, 굳이 하지 이야기 않아도 될 힘들었던 시절에 대한 이야기를 썼냐고. 또 실패담에 왜 예전 여자친구의 이야기를 언급했냐고. 물론 두 사람 입장에서 생각하면 욕먹을 만하다.

하지만 나의 좋지 않고 힘들었던 스토리를 통해 다른 누군가가 위로와 희망을 얻었다는 댓글과 응원의 메시지를 많이 받았다. 가족이나 지인에게 비판받지만, 나를 모르는 불특정 다수에게 내 스토리가 힘이 될 수 있다는 증거다.

모두를 만족시킬 수 없다. 글쓰기는 나를 토해내는 과정이다. 또 잊고 살았던 내 인생을 발견하고 다시 해석하는 작업이다. 잘 쓰지 못해도 된다. 지난 나의 과거 삶과 평범한 현재 일상에서 나만의 가치를 부여하여 글을 쓰면 그만이다.

진정성 있게 자신의 글을 쓰자.

자신의 글은 자신밖에 쓸 수 없다.

그렇게 쓴 글에서 자신만의 향기가 날 것이다.

차별화된 글을 쓰는 가장 쉬운 방법

1) 이미 주제는 나와 있다.

많은 사람들이 글을 쓴다. 불과 20년 전만 하더라도 글을 쓴다고 하면 대단한 사람으로 쳐다봤다. 글쓰기는 대학교수나 유명 작가 등 소수 지성인만이 할 수 있는 전유물로 여겼다. 하지만 SNS에 사진을 올리고 자신의 생각과 느낌을 기록한다. 인터넷의 발달로 누구나 자신이 쓴 글을 볼 수 있는 시대이다.

그런데 막상 글을 쓰려고 하면 무엇을 써야 할지 떠오르지 않을 때가 많다. 머리를 쥐어짜도 생각이 나지 않는다. 왜 이렇게 글을 쓰는 것이 힘들고 어렵다고 느껴질까? 자꾸 무에서 유를 창조하려고 하기 때문이다. 쉽게 이야기해서 이 세상에 없는 것을 끄집어내어 쓰려고 하니 머리가 지끈하고 답답한 것이다.

이미 우리가 써야 할 주제는 세상에 나와 있다. 시대가 변해도 인간의 본질은 변하지 않는다. 출생과 죽음, 사랑과 이별, 행복과 불행 등이 그것이다. 그렇다. 우리는 이미 나와 있는 이 주제를 가지고 글을 쓰면 된다. 이 보편적인 주제를 가지고 나의 관점에서 다시 쓰면 되는 것이다.

2) 차별화된 글을 쓰는 방법

글을 쓴다는 것은 내가 가지고 있는 기억의 몸에 나만의 상상력을 더해 옷을 입히는 작업이다. 세월이 지나 이미 희미해져 생각도 잘 나지 않는 과거의 어떤 낙서에 우리가 알고 있는 보편적인 주제라는 도구를 가져와 새로 덧칠하는 것이다. 즉 이미 나와 있는 주제에 나만의 새로운 관점에서 글을 쓰자는 이야기다.

그럼 또 질문이 나온다. 이미 나와 있는 주제를 써봐야 다른 사람들과 무슨 차이가 있고, 별다를 게 없는 평범한 글이지 않느냐라고 반문할 수 있다. 나는 이 질문에 도대체 어떤 글을 써야 한다고 다시 물어본다. 돌아오는 것은 역시 글을 쓰기는 어렵다는 대답이다. 어떤 글이든 사람들이 보면 다 비슷하게 보이는 법이다.

그럼 차별화된 글을 쓰는 방법이 있을까? 방법은 딱 하나다. 바로 나만의 이야기를 쓰면 된다. 100명의 사람이 있다고 가정하자. 그 사람들의 인생이 모두 똑같을까? 비슷할 수 있어도 단 한 명도 같을 순 없다. 자라온 지역, 환경, 성향 등이 천차만별이고 자라오면서 경험하고 느낀 점도 다 다르다.

이렇게 각자 인생을 살고 있는 사람들이 이미 나와 있는 보편적인 주제를 주고 글을 쓰면 어떤 일이 일어날까? 다 각각 그 사람만의 이야기가 녹아 있는 100개의 다른 글이 나온다. 내 이야기가 없이 여러 유명한 책에서 좋은 문구와 구절을 짜깁기 하여 쓴다고 해서 차별화되거나 좋은 글이 되지 않는다.

오늘부터 차별화된 글을 원한다면 일상에서 내가 느끼고 경험했던 것을 솔직하게 쓰자. 나만의 이야기, 즉 스토리텔링이 답이다. 나의 솔직한 이야기가 다른 사람들에게 공감을 얻고 위로를 주는 데 가장 탁월하다는 것을 잊지 말자.

블로그에 매일 썼던
단상 모음

언제까지 모으고 수집할 것인가?

1) 소원을 말해봐.

7개의 공을 모으면 용을 불러낸다. 용에게 세 가지 소원을 말하면 뭐든지 들어준다. 그 7개의 공을 서로 차지하거나 지키기 위해 처절한 사투가 벌어진다. 30년 전 엄청난 인기를 끌었던 만화 〈드래곤볼〉의 이야기다. 전 세계적으로 공전의 히트를 친 만화였기에 지금까지도 게임과 만화로 나오는 중이다.

얼마 전 만화방에 가니 〈드래곤볼 S〉라는 제목으로 여전히 연재가 되는 것을 깜짝 놀랐다. 이젠 전 우주를 상대로 드래곤볼을 지키기 위해 오공과 오반을 포함한 주인공들의 여정은 계속 되는 중이다.

2) 계속 모으기만 한다.

인생을 바꾸고 싶어서 또는 자신만의 인생을 찾기 위해 많은 사람들이 자기계발을 한다. 미라클 모닝이라고 하여 새벽에 일어나 독서, 운동, 명상 등을 통해 하루를 시작하는 사람도 많다. 또 유튜브나 화상을 통해 많은 여러 멘토들의 강의를 매일 듣고 배우는 사람도 늘어나고 있다.

그런데 이렇게 열심히 자기계발을 하고 있지만 여전히 자신의 인생은 크게 변하지 않고 있다고 느낀다. 스스로 책도 많이 읽고 강의도 매일 듣고 있는데도 가슴 한 구석은 허전하다. 책을 읽고 강의를 들을 때는 이제 나도 할 수 있겠다는 생각이 든다.

그 순간만큼은 가슴이 벅차다. 책 리뷰나 강의 후기를 적을 때까지만 해도 잘 읽고 멋진 강의를 통해 동기부여를 얻어 기분이 좋다. 그런데 조금만 시간이 지나면 분명히 들었던 내용인데 생각이 나지 않는다. 답답하다. 나도 그런 경험이 많다. 요즘 인기가 많다는 노션 프로그램 강의를 들었다. 수업을 들을 때는 이거 해볼 만하다고 느꼈지만, 끝나고 나서 다시 백지 상태가 되었다.

이런 현상이 왜 일어나는 것일까? 그냥 책과 강의를 듣고 모으려고만 하기 때문이다. 내 글쓰기 선생님 이은대 작가의 말씀대로 다른 멘토들의 좋은 강의와 좋은 책들을 박물관에 진열하듯이 수집만 하니까 발전이 없다는 것이다.

3) 실행이 답이다.

좋은 책을 읽고 멋진 강의를 들었다고 바로 인생이 변하지 않는다. 읽고 들었다면 직접 실행하고 경험해야 진짜 내 것이 된다. 읽고 듣는 것은 잘하는데 실제로 적용하지 않기 때문에 제자리걸음이 계속 되는 것이다. 아무것도 하지 않으면 어떤 결과도 일어나지 않는다. 책쓰기 수업을 들었으면 매일 글을 써야 작가의 꿈을 이룰 수 있다. 부자가 되고 싶다면 재테크 강의나 책을 통해 얻은 지식으로 직접 주식이나 부동산 등 투자를 해야 한다.

아무리 좋은 것을 모아놓고 실제로 제대로 써먹지 못하는 것이 가장 어리석은 일이다. 결국 책을 읽고 강의를 들은 다음에 해야 할 일은 바로 실행이다. 실행이 답이다. 제발 수집가가 되지 말고 실천가가 되어 자신의 인생을 근사하게 만들어보자.

자존감을 올리는 방법

1) 열등감 덩어리

"야! 그것도 몰라. 다시 검토서 써와. 표준화 모르냐고!"

20대 후반부터 30대 초반까지 다니던 회사에서 상사들에게 많이 혼났다. 틀에 맞추어 잘 준비해서 가져갔다고 생각했지만, 여전히 그들이 보기에는 성에 차지 않는 모양이다. 내가 미처 생각하지 못한 내용으로 혼을 내는 것은 상관없다. 그러나 폰트가 이상하다거나 줄 간격이 왜 맞지 않느냐 등등 말도 안 되는 것으로 뭐라 할 때는 상당히 억울했다.

계속 혼나니까 위축이 되었다. 참다못해 몇 번 반항하기도 했지만, 직급 순서로 인해 결과론적으로 당하게 된다. 칭찬을 받아야 더 잘하고, 욕을 먹으면 한없이 가라앉는 성향이란 것을 일하면서 깨달았다. 혼나지 않기 위해 더 노력했지만, 자꾸 내 모습이 너무 초라하게 느껴졌다. 그에 비해 같이 있던 동료들은 나보다 덜 혼나고 인정을 받는 모습을 보니 더 움츠려들게 되었다.

자꾸 동기와 비교하게 되고, 나보다 훨씬 앞서가는 것처럼 보였다. 자존감은 바닥을 치고 열등감에 많이 사로잡혔다. 스트레스가 많다보니 술로 푸는 경우가 많아졌다. 주위에서 이렇게 하면 더 좋아지는 방법을 알려주어도 듣지 않았다. 알량한 자존심만 남았다. 결국 이것이 쌓여 다니던 네 번째 회사에서 해고를 당한 후 자존감은 바닥까지 추락했다.

2) 자존감을 키우는 방법

많은 사람들이 자존감과 자존심을 혼동한다. 자존감은 나 자신을 존중하고 사랑하는 마음이다. 이와 반대로 자존심은 타인이 나를 존중해주길 바라는 마음이 크다. 자존심이 센 사람은 항상 타인에게 인정받고 싶어 한다. 세상이 만든 기준에 맞추어 남들이 잘한다고 하면 기분이 좋아진다. 그렇지 못하면 우울하고 자책한다. 나를 바라보는 관점이 자신이 아닌 타인에게 있다 보니 비교하고 눈치를 보게 된다. 당당한 태도를 취하지 못하고 상대방의 감정에 내 자신을 맞추게 된다. 인생의 주도권을 타인에게 주고 있는 셈이다.

내가 그랬다. '왜 하는 일마다 이렇게 잘 되지 않지? 내가 맡은 업무가 다른 사람에 비해 왜 이렇게 어렵고 힘든 거지? 학창시절에는 나보다 못한 친구들이 밖에서 승승장구 하는데 내 처지는 왜 모양이지?'라고 생각했다. 자존감은 바닥이고 자존심만 세다보니 내 자신을 계속 학대했다. 그것이 계속 쌓이다가 결국 우울증과 무기력증에 빠진 것이다.

다시 살기 위해 책을 읽고 글을 썼다. 독서와 글쓰기를 통해 자존감이 무너진 이유가 나 자신에게 있다는 것을 알게 되었다. 매일 읽고 쓰면서 내 인생을 바꾸기 위해 노력했다. 내가 쓴 글을 읽고 공감을 누르고 힘이 된다는 댓글이 달리기 시작했다. 그것을 보고 나도 이 세상의 누군가에게 도움을 줄 수 있는 존재라는 생각에 자신감이 붙기 시작했다. 내 자신이 참 자랑스럽고 괜찮은 사람이란 사실을 깨달았다. 계속 글을 쓰고 싶다는 생각이 들어 매일 쓰고 있다.

몇 년 전 다시 뭉쳐 화제가 된 원조 걸그룹 핑클 멤버들이 같이 한 프로그램에서 캠핑을 간 적이 있다. 캠핑카를 모는 이효리가 멤버들에게 자존감을 올리는 방법 한 가지를 알려준다. 그것은 바로 남들이 보지 않을 때도 내 자신이 기특하게 보이는 순간이 많을 때라고 한다. 이제 남편이 된 기타리스트 이상순이 나무 의자를 만드는 데 밑바닥을 열심히 닦고 있었다. 이효리가 보이지도 않는데 왜 열심히 닦냐고 했더니 내 자신이 알고 있다는 말에 고개를 끄덕였다고 한다. 남이 생각하는 나보다 더 중요한 것은 자신이 생각하는 나라는 사실을 한 번 더 깨닫게 되었다.

아직도 가끔 타인의 눈치를 보고 잘되는 사람을 비교하며 자신을 낮추는 내 모습을 본다. 그럴 때마다 홀로 글을 쓰면서 낮아진 자존감을 올리는 연습을 한다. 남들이 보지 않아도 매일 글을 쓰고 책을 읽는 내가 기특하다고 외쳐본다. 어제보다 오늘은 좀 더 나은 인생을 살고 있는 나니까. 지금도 자존감이 낮아 힘들어하는 사람이 있다면 하루에 하나씩 자신이 기특하고 근사하게 보이는 순간을 만들어 보는 것은 어떨까?

묵묵히 길을 가다 보니

1) 그녀들의 역주행

"롤린~롤린~롤린"

지난주부터 계속 내 귀에 맴도는 노랫말이다. 인터넷 기사를 보다가 우연히 지금 다시 역주행으로 뜨고 있는 노래가 있다는 사실을 알게 되었다. 여성 4인조로 구성된 걸그룹 '브레이브 걸스'의 〈롤린〉이란 제목의 노래다. 과연 어떤 사연이 있었을까 좀 더 살펴보았다.

우선 현재 가요계를 보면 아이돌 천국이다. 아이돌이 처음 나왔던 90년대 후반과 비교해도 거의 몇 배가 넘는다. 공장에서 판박이처럼 찍어내듯이 어디선가 비슷한 아이돌이 쏟아지다 보니 차별화가 되지 않아 사라지는 그룹이 대다수다. '브레이브 걸스'도 그리 대중적인 걸그룹은 아니었다. 기사를 찾아보니 2010년대 초반 데뷔하여 지금 평균 나이가 30세라고 한다. 최근에는 해체 직전까지 생각하고 있다가 역주행으로 인한 갑작스런 인기로 다시 활동을 시작하게 되었다.

역주행의 인기는 바로 군부대였다. '롤린' 노래도 4년 전 2017년에 발표된 미니 4집 앨범에 수록된 곡이다. 그 당시에는 별 인기를 끌지 못했지만, 각종 군부대를 돌아다니면서 위문공연을 했던 것이 신의 한수가 되었다. 사람들에게 인기가 없어도 코로나19로 인해 행사가 줄었어도 그런 것과 상관없이 묵묵히 자신에게 맡겨진 소임을 다했다. 나라를 지키는 군인들의 사기 진작을 위해 몇 년 동안 쉬지 않고 힘들어도 위문공연을 계속 지속했다고 한다.

그렇게 묵묵하게 군부대를 돌면서 〈롤린〉을 부르며 열심히 위문공연 한 결과, 군인들이 대동단결했다. 후렴구 〈롤린〉도 춤과 함께 군인들도 쉽게 따라 부르면서 열광하는 모습에 인상적이었다. 군생활 하면서 받은 스트레스를 주말에 걸그룹 공연을 보면서 날렸던 예전의 내 모습이 기억났다. 데뷔 후

10년 동안 묵묵히 자신만의 길을 걸었던 그녀들이 이제야 보상을 받고 있다.

2) 멘토의 반열에 올랐다고?

토요일 아침 나의 강연 멘토이신 송수용 대표님 DID 모닝 특강에 4번째로 초대되었다. 1월에 나온 공저《아주 작은 성장의 힘》책으로 스피치 강사 임정민 대표님과 같이 연사로 나섰다. 임 대표님 강의 이후 2부 순서로 읽고 쓰는 삶을 통해 실패를 극복한 이야기와 노하우를 주제로 강의를 진행했다. 6년째 매일 읽고 쓰는 삶을 통해 나를 성찰하고 지혜를 구하는 경험과 지식을 최선을 다해 알려드렸다.

강의가 끝난 후 5초 정도 정적이 흘렀다. 강의가 별로였나라는 생각이 지났지만 기우였다. 멘토 송수용 대표님이 박수를 치면서 "와, 이제 멘토의 반열에 올랐네요. 내가 오늘 황작가에게 아주 혼났다고. 진심을 다한 강의가 청중에게 고스란히 전달되었어요. 역시 무엇인가를 묵묵히 계속하는 사람은 이길 수가 없네요. 최고의 강의였습니다."라고 칭찬했다. 칭찬을 받자 쑥스러웠지만, 속으로는 눈물이 핑 돌았다.

아직 많이 부족하다고 느낀다. 여전히 허접한 글이라고 폄하하는 사람도 있다. 그들이 뭐라 하든 상관하지 않고 매일 나만의 글을 쓰자고 다짐한 것이 벌써 6년째다. 예전보다 분명히 글은 많이 좋아졌고, 그 성과도 있었다. 11권의 출간 이후 지금도 새로운 원고도 같이 준비하고 있다. 묵묵히 나만의 글을 쓰면서 그 경험을 고스란히 나눈 것뿐인데, 내 멘토에게 이제 멘티가 아닌 다른 사람들의 멋진 멘토가 되었다는 칭찬을 들으니 스스로 참 대견하고 가슴이 벅찼다.

이제 다시 한 번 확실하게 알았다. 하고 싶고 달성하고 싶은 목표가 있다면 묵묵히 나를 믿고 끝까지 가면 된다는 사실을. 10년 동안 무명이었지만 군부대 위문공연을 지속하여 역주행의 신화를 쓰고 있는 '브레이브 걸스'도 6년 넘게 나만의 글을 매일 조금씩 썼던 나도 앞으로 계속 묵묵하게 그 길을 가려고 한다.

누가 뭐라 해도 신경 쓰지 말고 나만의 길을 가자. 언젠간 반드시 자신만의 포텐셜이 터져 근사한 인생을 살 수 있는 날이 올 테니까.

사람의 정은 모두 궁색한 가운데 멀어진다

방구석 책읽기 온라인 독서모임에서 《명심보감 인문학》을 읽고 있다. 유독 한 구절이 눈에 띄었다.

"사람의 정은 모두 궁색한 가운데 멀어진다."

정말 공감되는 구절이다. 부유하고 잘 나갈 때는 사람의 정이 넘치지만, 그 반대로 형편이 어려워지면 있던 정도 멀어진다. 딱 10년 전에 그런 경험을 했다. 회사 사정이 좋지 않아서 월급을 50%밖에 지급을 못하게 되자 같이 근무하던 직원들이 반기를 들었다. 합사를 나가 있던 나와 부사수를 제외하고 사표를 냈다.

거기에 동조하지 않는 나에게 직원들은 욕을 했다. 이미 네 번째 회사를 다니고 있던 터라 사표를 내면 갈 곳이 없다는 판단이 들었다. 같이 참여하여 직원들과 한편이 되는 게 옳은 일이었지만, 내 처지부터 챙겨야 하는 입장이다 보니 냉정하게 판단했다. 아마 사표를 낸 직원들은 내가 정이 없다고 생각했을지도 모른다.

그렇게 직원들이 일괄사표를 내고 나가자 나를 포함한 부사수 등 3명이 남았다. 기존 직원들이 하던 프로젝트까지 다 떠안게 되었다. 직급은 과장이지만, 나는 사장님 바로 아래 위치에 서게 되었다. 작은 회사지만 내가 2인자가 된 것이다. 새로운 프로젝트가 들어오면 외주업체 계약과 관리, 발주처 응대 등을 직접 하게 되었다.

내 처지가 부유해지자 많은 사람들이 나에게 몰려들었다. 여기저기 같이 일을 하자는 연락도 많이 받았다. 이리 사람들의 정이 넘치는 줄 새삼스레 알게 되었다. 나를 거쳐야 회사 일이 돌아갔기 때문에, 점점 나는 거만해졌다. 초심을 잃었다. 그저 사람들이 웃으면서 잘 대해주는 게 좋았다. 참 멍청하고 미련하게 그것이 다 비즈니스 관점의 인간관계인 줄 모르고.

그것이 오래갈 줄 알았지만, 1년 만에 해고를 당했다. 그래도 회사를 나오게 되어도 그동안 베풀고 도와주었던 사람들에게 도움을 청하면 잘 될 줄 알았다. 그러나 그것은 나의 기우였다. 명심보감에 나왔던 말처럼 내가 궁색해지자 다 멀어졌다. 나란 사람을 본 게 아니고, 내가 일했던 회사와 배경이 필요했던 것이다. 그것이 사라지니까 사람들은 나를 아는 체도 거들떠보지도 않았다.

참 신기루 같았다. 매일 10통 이상 울리던 전화가 아예 울리지 않는다. 도움을 청하는 문자를 보내고 전화를 해도 아무런 대답이 없었다. 서러웠다. 아무런 벨소리도 울리지 않는 스마트폰을 보면서 씁쓸함을 느꼈다. 그때부터 어떤 사람도 쉽게 믿지 못하게 되었다.

정이 많다는 이야기를 들었지만, 이제는 웬만하면 진짜 친해지지 않으면 맞추려 하지 않는다. 점점 정이 사라지고 있는 사회이다. 그래도 성향을 바꿀 수가 없는지 사람들에게 정을 많이 나눠주는 편이다. 삭막한 세상이지만 초코파이 하나라도 나눠먹는 정이라도 있어야 살 만하지 않을까? 그 사람이 잘 나갈 때만 정주지 말고, 잘 되지 않았을 때라도 챙겨주자. 정말 정이 필요할 때는 인생의 나락으로 떨어진 순간이다. 그런 사람이 있다면 먼저 손을 내밀어주자. 그 정 하나가 그를 다시 일으켜주는 원동력이 되고, 당신의 평생 자산이 될지 모른다.

시간은 누구에게나 공평하다

1) 당신은 왜 시간이 없을까?

시간의 뜻을 사전에 찾아보니 "하루 24의 1이 되는 시간을 세는 단위"라고 나온다. 가장 작은 단위가 1초다. 60초가 모여 1분이고, 60분이 모여 1시간이 된다. 24시간이 모이면 1일이다. 365일이 1년을 이루는 기본이 된다. 이렇듯 시간은 누구에게나 공평하게 주어진다. 인생을 이루는 기본이자 실질적인 재료가 시간이다. 하루 24시간은 남에게도 빌릴 수 없고, 돈을 주고 살 수 없는 자산이다. 이렇게 주어진 시간을 어떻게 쓰느냐에 따라 한 사람의 미래가 달라진다.

그런데 정작 사람들은 자신에게 주어진 시간이 없다고 변명한다. 하는 일은 많은데 왜 시간이 없다고 말하는 것일까? 그 이유는 아래와 같다.

❶ 거절을 하지 못해 정작 내 일을 하지 못한다.

업무나 일상생활에서 남의 부탁을 거절하지 못해 정작 내가 해야 할 일을 처리하지 못하는 경우가 생긴다. 제 시간에 끝내야 하는데, 상사나 동료가 부탁하는 일까지 떠맡아서 하다 보니 과부하가 걸린다. 물론 협업이 중요하지만, 일단 내 업무부터 처리하고 남는 시간에 동료나 상사의 일을 도와주는 것이 맞다. 일상에서도 친구나 지인의 부탁을 들어주다가 정말 중요한 내 일을 못하는 경우도 있다. 무조건 거절하는 게 아니라, 무엇이 시급한지 따져보고 도와주는 것이 중요하다.

❷ 지나치게 완벽을 추구한다.

무슨 일을 시작하는데 너무 완벽하게 준비하다 보니 시간이 많이 걸리는 것이 문제다. 다 준비가 되지 않더라도 어느 정도 선에서 할 수 있다면 바로 시작해야 한다.

2) 과거를 청산하기 위한 한 가지 방법

다시 살기 위해 책을 읽기 시작했다. 책을 읽으면서도 과거의 영광을 잊지 못했다. 자꾸 그 과거에 먹이를 주려 했다. 잘 나가고 사람들이 많이 몰려든 그 시절이 자꾸 떠올라 괴로웠다. 지금은 바닥까지 떨어진 내 처지가 너무 비참했다. 그러다가 한 개의 책을 읽고 조금씩 잊을 수 있게 되었다. 바로《청소력》이란 책이다.

《청소력》에서 내 마음이 복잡하거나 골치 아픈 문제와 고민이 있다면 일단 자기 주변부터 청소를 하라고 알려준다. 청소를 하면서 공간이나 주변이 잘 정리되면 자신의 문제도 술술 풀린다고 했다. 정말 그 책을 읽고 더러워진 나부터 정리하기 시작했다. 며칠 동안 길러 덥수룩한 수염을 면도했다. 미용실에 가서 머리도 단정하게 잘랐다.

옷도 깨끗한 것으로 갈아입었다. 내 방도 같이 청소했다. 잘 나가던 내 과거가 기억나는 물건은 싹 다 정리하여 버렸다. 내 주변과 공간이 말끔해지자 내 마음도 상쾌해졌다. 뭔가 앓던 이가 빠진 느낌이다. 자꾸 예전 과거가 생각나면 내 주변부터 청소하기 시작했다. 그렇게 하다 보니 내 마음도 조금씩 정리가 되면서 과거에 먹이를 주지 않게 되었다.

아직도 왕년에 내가 잘 나갔는데 하면서 과거를 잊지 못하는 사람이 있다면 지금 바로 자기 방부터 청소해보자. 특히 그 과거가 생각나는 물건은 지금 당장 내 눈 앞에서 정리하고 버리자. 그렇게 하나씩 정리하다 보면 뭔가 버리지 못한 내 마음도 비워지는 신기한 경험을 한다. 과거도 흘려보내고 내 마음도 비워야 한다. 그래야 다시 근사한 내 미래를 채울 수 있다.

잘 죽는다는 것은

1) 죽음은 가까운 곳에 있다.

2006년 한창 바쁜 일로 야근하던 날에 한 통의 전화를 받았다. 보니 대학 졸업반 시절에 같이 PC방에서 아르바이트 했던 4살 어린 후배다.

"형! 오랜만이야!"

"어. 지금 미안한데 내가 좀 일이 바쁜데 다시 전화하면 안 될까?"

"형, 미안하지만 바쁜 거 아는데 잠깐 지금 얼굴 볼 수 없어? 잠깐이면 되는데."

"아 정말 미안. 나 내일 오전까지 빨리 끝내야 해서. 지금은 안 되겠다."

"알겠어. 형."

전화를 끊는 그의 목소리에 힘이 없다. 취업준비를 위해 아르바이트를 그만두고 나서 후배를 한동안 보지 못했다. 중간에 가끔 안부를 묻는 정도였다. 취업을 하고 나서 매일 바쁜 업무로 야근이 많다보니 약속을 하고도 취소하는 경우가 많았다. 대수롭지 않게 생각하고 전화를 끊고 나서 일을 빨리 끝내기 위해 다시 집중했다.

늦은 밤 퇴근길 자꾸 후배가 마음에 걸려 다시 전화를 걸었다. 신호는 가지만 받질 않는다. 좀 이상한 생각이 들긴 했지만 다시 자나보다라는 생각에 나도 집으로 서둘러 돌아갔다. 집에 도착하고 새벽녘에 다시 전화벨이 울린다. 이 시간에 전화올 때가 없는데. 졸린 눈을 비비며 화면을 보니 후배다.

"무슨 일이야. 안 잤어?"

"○○가 죽었습니다."

"네? 누구시죠?"

"○○ 친구예요. 저도 사고소식을 들었는데, 거의 마지막 통화한 이름이 있길래 소식 전했습니다."

서둘러 택시를 타고 장례식장으로 향했다. 이제 빈소가 차려진 터라 유족들도 경황이 없다. 너무 놀란 마음에 어떻게 된 일인지 그 친구란 사람에게 물어보았다. 여자 문제와 부채로 힘들어하다가 극단적인 선택을 했다고 한다. 아마도 나에게 전화한 것도 마지막 인사를 하고 싶었다는 생각밖에 들지 않았다. 하염없이 내 눈은 쉬지 않고 눈물비가 내리기 시작했다. 앞으로 어떻게 살아야 할지 불투명한 미래에 서로 의지했던 그 후배가 이젠 이 세상에 없다.

언제나 영원히 같이 있을 줄 알았다. 좀 더 잘돼서 만나려고 했다. 그러나 그 시간은 오지 않았다. 이렇게 빨리 이 세상을 떠날 줄 알았다면 조금 더 시간 내서 보듬어주고 위로해 주었을 텐데. 시간이 정말 많을 줄 알았다. 죽음은 언제나 이렇게 가까이 일어날 수 있는지 처음 알았다.

2) 잘 죽는다는 것은

래리 로젠버그의 《잘 죽는다는 것은》에 이런 구절이 나온다.

"조만간 우리는 모두 죽음이라는 사실과 직면해야만 한다.

우리는 삶과 죽음을 상반된 것으로, 삶은 지금 일어나는 것
이고 죽음은 아주 기나긴 길의 끝에나 일어날 어떤 일이라
고 생각한다."

아직 건강하고 아프지 않다보니 죽음에 대해 그리 심각하게
생각하지 않았다. 그러나 얼마 전 자체적으로 진행했던《레스
큐》를 쓴 김강윤 저자의 강연 덕분에 죽음에 대해 다시 한 번
상기하게 된 계기가 되었다.

그는 소방관이란 직업을 가지고 매 사고 현장에 출동할 때
마다 죽음의 현장을 목격한다고 했다. 아침에 멀쩡하게 출근
했지만 기계에 끼여 사망한 사람, 갑작스런 교통사고로 즉사
한 사람, 강으로 뛰어내렸는데 시신을 찾지 못한 사람 등 수
많은 사람들이 예기치 않게 죽는 모습을 보고 많은 트라우마
에 시달렸다. 멘탈이 정말 강하지 않는 이상 미치지 않는 게
이상할 정도다.

김강윤 저자는 시간은 유한하고, 사람은 언젠간 죽는 날이
오고 그게 언제가 될지 모르기 때문에 지금 존재하는 것과 매
사에 감사하면서 살라는 메시지를 전했다. 나도 언젠간 생의

마지막 날이 온다. 잘 죽는다는 것은 어떤 의미일까? 나는 이 승에서 아무리 힘들어도 버티고 또 버티면서 하고 싶고 되고 싶고 갖고 싶은 일들을 다 이루고 떠나고 싶다. 한 번 사는 삶에 이 세상에 내 흔적 하나는 남긴다. 그것을 통해 단 한 사람의 인생에 도움이 될 수 있다면 더 바랄 것이 없겠다. 내 몸과 마음이 모두 건강한 상태로 그렇게 살다가 편하게 자다가 죽음을 맞고 싶다.

삶과 죽음은 항상 공존한다. 멀리에 있지 않다. 내일 당장 이 세상을 떠날 수 있다. 시간이 유한하다는 것을 알고 있었지만, 정말 빨리 지나간다. 하지만 죽음을 너무 심각하게 받아들일 필요는 없다. 언젠가는 죽는다는 사실을 인지하며 지금 이 순간을 최대한 즐겁고 행복하게 자신이 하고 싶은 것을 하며 보내자. 잘 죽는다는 것은 그만큼 내 생애에 미련이 많이 남지 않는다는 것을 의미한다. 오늘도 시간은 흐른다. 15년 전 후배의 기일. 그의 명복을 다시 한 번 빌어본다.

"삶과 죽음은 동전의 양면처럼 항상 일어날 수 있다."

글을 쓰면 자신의 향기가 남는다

꽃도 자신만의 향기가 있다.

지하철역에서 회사까지 15분 정도 걸어가야 한다. 지나는 골목마다 집집마다 핀 꽃과 나무들이 보인다. 봄에는 개나리와 진달래가 핀다. 가을에는 코스모스와 국화 등이 그 자태를 뽐낸다. 걸어가면서 그 꽃의 향기가 내 코를 찌른다. 은은하게 때로는 아주 강렬하게 다가온다. 각 꽃마다 그 향기가 다르다. 꽃이 필 때 그것이 가진 고유의 짙은 향을 발산하는 경우가 많다. 가끔 산에 올라간다. 산에서 마주치는 나무들도 그 특유의 향기를 뽐낸다.

사람마다 느껴지는 향기가 다르다.

하루에도 일상에서 수많은 사람과 마주친다. 모르는 사람도 있고, 아는 지인도 있다. 신기하게도 그들에게 느껴지는 향기가 다 다르다. 만나면 만날수록 더 향기가 짙어지는 사람도 있다. 어떤 사람에게 은은한 향기가 또 다른 사람에게는 상쾌한 향기가 나기도 한다. 때에 따라서는 악취를 가진 사람도 만나기도 한다. 사람마다 가지고 있는 성향에 따라 달라지는 듯하다. 지금까지 같은 향기를 가진 사람을 만난 적은 없다.

자신의 글을 쓰면 자신의 향기가 남는다.

세상에 이런 다른 향기를 가진 100명의 사람들이 글을 쓰면 100개의 다른 결과물이 나온다. 물론 글쓰기 스킬이나 구성 방식 등은 비슷할지 모르지만 글에서 뿜어 나오는 그 속성은 같을 수가 없다. 글에는 그 사람의 감정이 고스란히 담겨진다. 은은한 사람이 쓴 글은 정말 읽어보면 은은하다. 상쾌하고 시원한 사람이 글을 쓰면 톡톡 튀는 느낌을 받기도 한다. 나처럼 감성이 풍부한 사람이 쓴 글은 사람에 대한 사랑과 관심이 잔뜩 묻어난다.

글쓰기는 잊고 살았던 내 인생을 발견하고 해석하는 작업이다. 세월이 흘러 이제는 기억조차 잘 나지 않는 과거 시점의 나와 글을 통해 조우한다. 힘들고 지쳤던 그 시절 나를 치유하고 보듬을 수 있다. 글을 못 쓰고 잘 쓰고가 중요한 게 아니다. 투박하더라도 진실하게 나만이 쓸 수 있는 글을 쓰자. 내 글은 나밖에 쓸 수가 없다. 그렇게 쓴 글이 바로 내 향기가 짙게 나온다. 내가 생각하는 잘 쓴 글은 이렇게 자신의 향기가 잘 드러나는 것이다.

오늘부터라도 유명한 작가가 쓴 글을 흉내 내지 말고 서툴러도 자신만의 글을 쓰자. 자신의 글을 쓰다보면 결국 내 자신만의 고유한 향기가 남는다.